水晶庭園の少年たち

賢者たちの石

蒼月海里

集英社文庫

目次

主な登場人物

草薙　樹　十四歳。感受性の強い少年。祖父と愛犬を相次いで亡くしたショックで、一時学校に行けなくなった

達喜　樹の祖父。鉱物収集家だった

メノウ　愛犬。達喜を追うように亡くなった

雫　達喜がコレクションしていた日本式双晶の「石精」。凜とした少年の姿として樹の前に現れる

天音　高校生。父を亡くし、コレクションの鉱物を処分しようと訪れた骨董店で樹と出会った

イスズ　世田谷にある『山桜骨董美術店』の店主

律　達喜の鉱物仲間。樹に鉱物の基礎知識を伝授

学　樹のクラスメート

水晶庭園の少年たち

賢者たちの石

蒼月海里

Boys in
Crystal Garden
Stone of
Philosophers

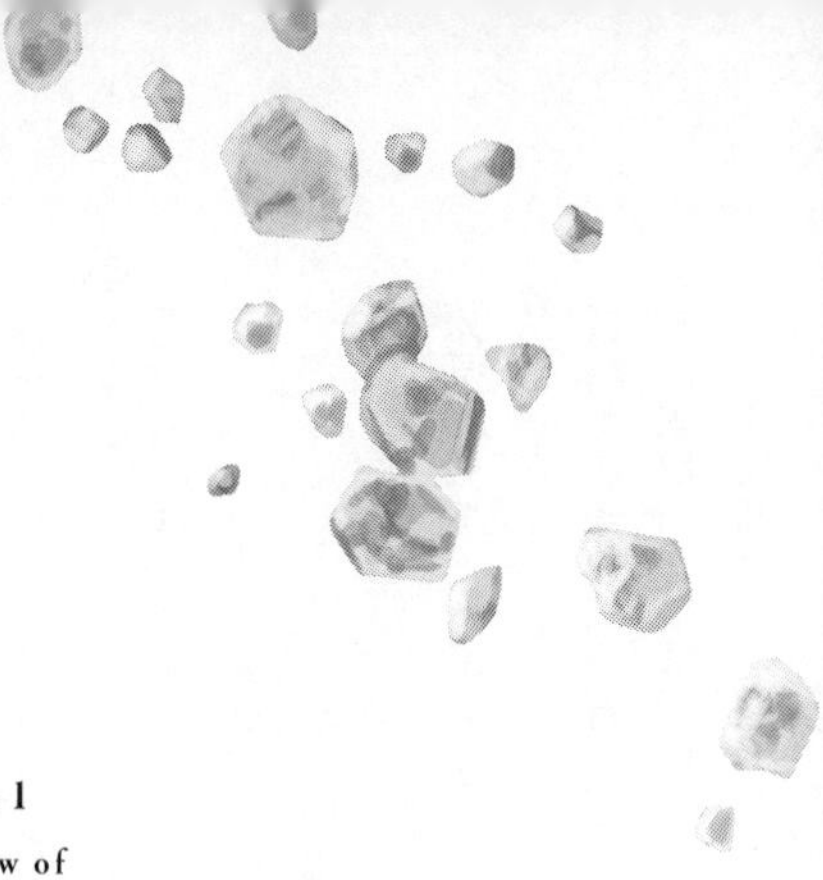

第一話

Episode 1
Shadow of
Diamond

金剛石の影

土蔵の小窓から陽《ひ》の光が漏れる。

裸電球の灯《あか》りに助けられながら、僕は古びた机の上に広げたノートに鉛筆を走らせていた。

机の上には、抱えられるほど大きな水晶がある。

透き通ったその姿は、よく見るオベリスクの尖塔《せんとう》のような姿ではなく、ハート形だった。それは日本式双晶《そうしょう》と呼ばれる珍しい水晶で、大きなものは特に希少だという。

「熱心なことだね」

水晶の隣で、水晶のように煌《きら》めく髪の男の子が、鉛筆を走らせる僕を見守っていた。

彼は、石精《いしせい》の雫《しずく》だ。

石精というのは、石に宿る精霊のようなもので、石と縁を繋《つな》いだ人間にしか、見ることが出来ない。雫は、僕の祖父が遺《のこ》した日本式双晶に宿る石精だった。

ノートに視線を釘付《くぎづ》けにしていた僕は、顔を上げる。雫の髪に反射する光が眩《まぶ》しいなと思いながら、こう言った。

「理科の岩井《いわい》先生の宿題だから、つい、気合いが入っちゃって」

「方解石《ほうかいせき》のことを教えてくれた先生だったね」

「うん。地学以外の授業の時も、よく石の話をしてくれて、とっても楽しいんだ」

「そうか。樹《いつき》はちゃんと、外でもいい縁を繋いでいるんだね」

雫は微笑《ほほえ》む。慈愛に満ちた、温かい眼差《まなざ》しだ。

中学生の僕と同じくらいの年齢に見えるのに、表情や仕草はずっと年上に見える。亡き祖父と同年代か、それ以上にも見えた。

僕は、そんな雫に見守られるのが好きだった。両親といる時とはまた違った安心感が得られるし、何より、どんな困難が立ちはだかっていようと、乗り越えようと思える。

「どんな宿題を出されたんだい？」

「身近な石を調べてきなさいって」

ノートを覗《のぞ》き込む雫に、僕は教科書を見せた。教科書には、大理石や石灰岩、御影石《みかげいし》などが並んでいる。

「ふむ。石材として使われている石のことかな」

「そうそう。普段は意識してないけど、石って落ちているもの以外にも身近にあるんだよね。デパートなんて、壁に化石が埋まってたし」

僕がノートにまとめているのは、まさに、東京・日本橋《にほんばし》の老舗デパートの壁に化石が埋まっていたという話だった。

調べたところ、どうやら、イタリア産の大理石を使っているらしい。

「大理石はそもそも、石灰岩が変成作用を受けたものだからね。方解石や霰石《あられいし》から成るものだから、先生が喜びそうな話題だ」

雫は顔を綻ばせる。まるで、自分のことのように。

「方解石や霰石っていうと……、主に炭酸カルシウムだっけ」

「お見事。その通りだよ」

雫の拍手に、僕は照れくさくなって笑った。

「結晶になってると、それが何の鉱物なのか、何となく分かるようになったんだけどね。でも、石材になっちゃうと分からないなぁ」

鉱物は、その種類によって結晶の形が変わる。

中には酷似したものもあるが、そういったケースは稀《まれ》で、大抵は結晶の形や色、硬さなどで、それがどの鉱物だか同定することが出来た。

「まあ、方解石だったら、割れば分かるんだろうけど……」

そうするのは気が進まないので、僕は思わず小声になった。

方解石は、劈開《へきかい》という割れ易《やす》い方向が特徴的で、割ると菱形《ひしがた》のような形になる。ただし、その方法を試すと、当然、標本そのものが粉々になってしまうわけだが。

雫もまた、困ったように微笑む。

「純粋な方解石じゃないと、綺麗《きれい》に割れないかもしれないね」

「じゃあ、割るのは無しだね」

破壊的な同定方法が排除されたことで、僕は胸を撫《な》で下ろす。

「それにしても、方解石って本当に色々なところにあるんだね。岩井先生は、セメントや顔料だけじゃなくて、歯磨き粉にも使われているって言ってたし」

「彼らは何処《どこ》にでもある石だからね。何処にでもあるということは、何にでもなれるのさ」

「何にでもなれる……？」

方解石の石精と交わした、多様性があるという話を思い出す。

「適応力があるからこそ、何処にでも存在が可能とも捉えられるね」

尤《もっと》も、石が自ら適応することはないけれど、と雫は付け足す。

「何処にでも、ピッタリ当てはまることが出来るって感じかな」

「そういうことになるね」

まさに、梱包材《こんぽうざい》のように水晶を包んでいた方解石を思い出す。多様性があり、適応力があるからこそ、どんな隙間も埋めに来るのだろうか。

僕は、鉛筆を持った手を止めたまま続けた。

「方解石の逆って何だろう」

「組成的な意味で？」

「あ、ううん。そういう専門的な話じゃなくて、希少性の話」

方解石がありふれた石ならば、特定の条件下でないと産出しない石もあるはずだ。僕がそのことを伝えると、雫は逡巡《しゅんじゅん》するように天井を仰いだ。

「希少性がある石ならば、沢山存在しているから難しいな。稀産鉱物《きさんこうぶつ》と呼ばれることもあるね」

「きさん鉱物……」

文字ではいまいち想像出来ない僕に、雫は空中に『稀産』と書いてみせる。

「お祖父《じい》ちゃんのコレクションにもあったかな」

「ああ。ベニト石やオルミ石、トゥグトゥプ石とかね」

「トゥグトゥグ……いし……」

そんなのあったっけ、と僕は舌をもつれさせながら、土蔵の一角にまとめられた祖父のコレクションを見やる。ほとんどが整理されていて、棚なり木箱なりに収められており、手を付けていない箱はかなり少なくなっていた。

「稀産鉱物は律《りつ》君が手を付けていたかな。トゥグトゥプ石ならば、確かそこにあったと思うよ」

雫は、積まれた木箱の一つに視線をやる。

僕が箱の中を探ってみると、幾つか積み上げられた小箱の中に、トゥグトゥプ石と書かれたラベルが貼られているものがあった。

「これかな」

箱を開けてみると、白い母岩《ぼがん》のピンク色の石があった。

正確には、白い石の一部が鮮やかなピンク色になっているのだが、どうやらそのピンクの部分がトゥグトゥプ石らしい。

「へぇ、可愛《かわい》い色だね」

僕は素直にそう思ったものの、結晶の形がそれほどハッキリしていないため、希少な石だと言われてもあまりピンと来なかった。これで変わった形ならば、驚きがあったのだが。

「その子に、ブラックライトを当ててごらん」

「えっ、うん……」

僕は裸電球の光が届かない机の下にもぐり、トゥグトゥプ石にブラックライトの光を当ててみた。すると、可愛らしいピンク色だった石が、豹変《ひょうへん》したのである。

「うわっ、すごっ……！」

僕は思わず声をあげる。

トゥグトゥプ石は、うすぼんやりとした暗闇の中で、妖しく爛々《らんらん》と輝いていた。可愛らしいピンク色は、濃いオレンジ色になっている。

ビックリしてブラックライトを照射するのをやめたものの、それでもトゥグトゥプ石は、少しの間、ぼんやりと輝いているように見えた。

「それが、トゥグトゥプ石の特徴さ。グリーンランドで発見された希少な石なんだよ。産出される場所も限られていて、あとはロシアで見つかるくらいだったかな」

「へぇ……。凄《すご》いなぁ……」

「稀産鉱物は産出する場所が限定されているとはいえ、挙げるとキリがないね。面白い子達ばかりだけど」

雫は肩を竦《すく》める。

「ということは、稀な産状の場所が、世界各国にいっぱいあるってことかな……」

「あとは、稀産鉱物が産状する地域で、沢山の種類の稀産鉱物が発見された、とかね」

どうやら、カナダのケベック州にあるモンサンチラールという場所が、稀産鉱物の宝庫らしい。

「成程《なるほど》。稀産鉱物は奥が深いね……」

鉱物の世界は果てが見えないな、と僕は思った。

「希少な石っていうと、真っ先にダイヤモンドを想像しちゃうから、僕はまだまだなんだろうな」

僕は苦笑する。「そんなことはないよ」と雫はすぐに否定した。

「ダイヤモンドも希少な石であることには変わりはないからね。ダイヤモンドは、キンバーライトが産出する場所でしか採《と》れないし」

「キンバーライト？」

「橄欖石《かんらんせき》と雲母《うんも》を主成分とする火成岩さ。先カンブリア時代の造山運動に由来しているんだよ。その頃の地層がちゃんと残っている場所でしか、キンバーライトは産出されないのさ」

「先カンブリア時代……」

僕は教科書をパラパラと捲《めく》る。

地質年代が解説されているページを発見し、そこに掲載されている図をじっくりと眺めた。

現代を含めてマンモスや原始人の時代である新生代から、恐竜達の時代である中生代まで遡る。そして更に、古生代まで遡り、巨大昆虫の時代やアノマロカリス達の時代を通過して、ようやく先カンブリア時代が見えた。

「本当に最初の頃だ……」

地球誕生から、バクテリアが生まれた辺りの時代の話である。地球が生まれたてのホヤホヤだった頃だ。

「約四十六億年前から五億四千百万年前以前の間かな」

「遠っ！　長っ！」

先カンブリア時代は、なんと約四十億年にわたって続いたらしい。スケールが大き過ぎて、僕の想像の範疇《はんちゅう》を超えていた。

「流石《さすが》に、僕から見ても気が遠くなる年月だよね」

苦笑する雫を、僕は目を丸くして見つめる。

「気が遠くなる程度で済むんだから、やっぱり、雫はスケール感が違うな……」

彼はどの辺の時代で生まれたのだろう、と僕は改めて地質年代の図を眺める。

「でも、地層って、古い順に堆積していくんだよね？　先カンブリア時代なんて、地中の奥の奥じゃあ……」

「だから、地中深くまで掘るのさ。露天掘りとかでね」

しかも、ダイヤモンドは地下百三十キロメートル以深のところで成長を始めるのだという。それだけ深いところは、地表ではなくもうマントルの領域らしい。そこから、噴火の際、マグマと一緒に地表に出たそうだ。

爆発的な噴火によって、高速で地上に押し出されたため、ダイヤモンドは溶け切らずに地上へとやって来たという。結晶によっては、熔解《ようかい》の痕も見られるらしい。

「遠路はるばる、やって来てくれたんだね……」

そう言えば、橄欖石もマントルの方からやって来たな、と思い出す。

ダイヤモンドも、人間がまだ知らない地球の内部からやって来た旅行者の一人だったのか。

「露天掘りって、大きな穴を掘るやつだっけ。コストがかかりそうだし、だからこそ、ダイヤモンドってあんなに高いのかな」

「その逆かもしれない。コストがかかっても回収出来るほど、需要があるのさ、きっと。ダイヤモンドが発見された場所は、採掘のために小さな町が出来るほどだ。たとえそれが、砂漠であろうとね」

「砂漠⁉」

ナミビアのコールマンスコップという場所が、まさにそうだったらしい。

「彼らは硬くて、カットをすればとても美しくなる。装飾品に用いるには逸材なんだよ」

鉱物の硬さを示すモース硬度は、最大値の十だ。劈開があるとはいえ、容易に割れるものではない。

「因《ちな》みに、トゥグトゥプ石は……」

「モース硬度四。蛍石《ほたるいし》と同じだね」

「それじゃあ、装飾品に向かないね……」

モース硬度四は、窓ガラスより脆《もろ》い。

普段使いしていると、気付いたら傷だらけになっている可能性がある。しかも、自然界にはモース硬度七の石英《せきえい》が多く存在しているため、宝石として装飾品に用いるのならば、それ以上の硬度がある方が望ましい。

「そういえば、山下《やました》さんは、お小遣いを貯《た》めて蛍石のネックレスを買ったって言ってたけど」

どうやら、近所にハンドメイドのアクセサリーを売る店が出来たらしい。学校には持って来られないからと言って、緑色の蛍石があしらわれたネックレスを撮った画像を見せてくれたのを、僕は思い出した。

「彼女は蛍石が好きで、それなりの知識があるのでしょう?」

「まあ、うん」

雫の問いに、僕は頷《うなず》く。

基本的なことは、僕が彼女に教えていた。モース硬度が低く、劈開もあるので割れ易いということも。

「知識がある人間は、それなりの扱い方をするはずだからね。身に着けて歩くにしても、町中にあるショーウィンドウに当たらないようにしようとか、走る時に落ちないように、蛍石を守ってやるとかね」

「確かに……」

　身近なものにぶつけても割れてしまうし、落下させたら確実に割れてしまう石だ。蛍石よりも硬そうなものがある場所では、やんわりと握って守ってやるとか、そもそも、外ではアクセサリーを外すという選択肢もある。山下さんもまた、蛍石が割れ易いと知っているからこそ、学校に持って来ないのだろう。

　だけど、蛍石のことを何も知らない人は、そこまで思い至らずに、ふとしたはずみに劈開させてしまうかもしれない。

「装飾品を好む人間の全てが、鉱物に興味があるとは限らないしね。取り扱いに注意しなくてはいけないものは、出来るだけ取り除いた方がいいのさ」

「そっか……。装飾品って、石を愛《め》でるためのものというよりも、自分を飾るものだしね」

「そういうこと」と雫は頷く。鉱物が人間の引き立て役になるのは、何とも気分が複雑だったけれど、それも古くから続いた文化の一つなのだから仕方がない。

「昔の人も、硬い翡翠《ひすい》を装飾品にしてたしね。彼らも、ちゃんと分かってたんだろうなあ……」

「そうだね。翡翠は性質上、特に割れ難《にく》い。昔は限られた道具で、よく加工したものだと思うけれど」

雫は感心したように頷く。他にも、雫――水晶の仲間である玉髄《ぎょくずい》も、装飾品に多く用いられていた。

しかし、そんな昔の人達がいた時代も、鉱物達からしてみれば、昨日の出来事のようなものだろう。

僕はぼんやりとそう思いながら、教科書に載っている地質年代の表を眺めていた。

「あっ、待てよ」

「どうしたんだい？」

僕がいきなり声をあげたので、雫が首を傾《かし》げる。

「老舗のデパートの壁、アンモナイトが埋まってたから中生代のものなんだ……！」

そう。大理石の壁には、絶滅した巻貝であるアンモナイトが埋まっていた。そして、アンモナイトは確か、恐竜の時代――中生代に生息していたはずだ。

「そういうこと。生き物の化石が一緒に見つかると、その鉱物が作られた時代を特定し易くなるね」

雫は、うんうんと頷いた。

「それじゃあ、雫の本体も……」

僕は、日本式双晶の何処かに生き物の痕跡がないか探す。だけど、雫は苦笑してみせた。

「おやおや。僕の生まれた時代を探ろうとしていたのかい？　残念ながら、生き物は一緒に結晶化しなかったんだよ」

瑪瑙《めのう》化した巻貝でもつけていれば良かったかな、と雫は冗談っぽく笑う。

僕もつられて微笑んだけど、内心では、雫の生まれた時代が分かれば、不明になっている彼の産地が特定出来るのではという気持ちでいっぱいだった。


翌朝のことだった。

学校の校門を通った途端、怒声が僕を迎えた。

「おい！　またそんな格好をして……。いつになったら、まともに制服を着るんだ！」

生徒指導の先生の声だ。僕に向かって怒鳴ったわけではなく、正確には、校門脇で生徒に説教をしている最中の先生の声だった。

厳《いか》つい体軀《たいく》の男の先生は、上背があって身体《からだ》が引き締まった男子生徒を叱っている。制服の上着の下に、白シャツではなく校則で禁止されているカラーシャツを着ていて、それを注意されたらしい。しかも、上着のボタンも留めないという堂々としたものだった。

「よお、おはよ！」

僕の背中に、聞き慣れた声がかかる。

「うわっ！　なんだ、学《まなぶ》か……」

「なんだって、何だよ」

溌溂《はつらつ》とした表情だったクラスメートの学は、不機嫌そうに頬を膨らませる。僕は、視線だけ校門脇に向けた。

「あ、ああ……」

学も辺りの空気を読み、声を抑えてそっと距離をとった。

「生徒指導の入江《いりえ》、マジで怖いもんな……。それに歯向かう石尾《いしお》も石尾だけど……」

「あっ……」

学に言われて、ようやく気付いた。入江先生に叱られているのは、クラスメートの石尾君だった。

「えっ、何その顔。今、石尾だって気付いたわけ？」

学は目を丸くする。

「う、うん……」

「あのカラーシャツ、石尾がよく着てるやつじゃないか」

「そ、そうなんだ……。石尾君、ちょっと怖いから、あんまり視界に入れないようにしてたんだよね」

「あー、成程」

申し訳ない気持ちでいっぱいの僕に、学は納得顔だった。

「目が合ったら因縁をつけられそうだしなぁ。君子危うきに近寄らずってやつか」

「臆病なだけだけどね……」

石尾君は、クラスでも少し浮いた存在だ。

背も高いし、なかなかの強面《こわもて》だ。他校の生徒と喧嘩《けんか》をしたとか、やばい高校生達とつるんでいるとか、そんな噂《うわさ》が絶えない。そのせいか、女子はまず近づかないし、男子も出来るだけ関わらないようにしていた。

石尾君自身も、積極的に他の生徒とつるまないし、普段はそんなに口数が多い方でもない。でも、いざ口を開くとよく通る声で、廊下で話していても教室に響くほどだった。

だから、石尾君がいる場所はすぐに分かったし、彼に対しては僕も反射的に気配を殺していた。

「そんな校則、意味あるンすか？」

入江先生がひとしきり話した後、落ち着いた石尾君の声が響く。

「大体、カラーシャツを着たところで、誰に迷惑を掛けるわけでもないじゃないですか。物を壊すなとか、人を殴るなっていうなら、意味分かるんですけど」

「この……っ！　そうやって口答えをするんじゃない！　他の生徒も校則に従っているんだぞ！」

「他の奴《やつ》らが従ってるからってお前も従えっていうの、おかしくないっすか？　カラーシャツを着ちゃいけない理由を聞きたいって言ってるのに」

全く動じずに、真正面から教師を睨《にら》みつける石尾君に、入江先生は怒りのあまり、わなわなと震えていた。

僕と学は、息を殺して自らの存在を消し、そそくさとその場を後にする。

「ふう……。本当にやべー奴」

昇降口までやって来てから、学は「くわばらくわばら」と息を吐いた。

「入江に反論するなんて、石尾くらいだよなぁ」

何せ、入江先生は柔道の有段者で、町中で通行人に絡んでいたチンピラ達をちぎっては投げて完全勝利したという噂がまことしやかに囁《ささや》かれている。

それが事実ではなくとも、身体は大きな山のようで迫力があるし、沸点がとても低いので、皆、出来るだけ機嫌を損ねないように振る舞っている。

「でも、どうしてカラーシャツはいけないんだろうね」

下駄箱《げたばこ》から上履きを取り出しながら、僕はぽつりと呟《つぶや》く。

学は一瞬、ぎょっとしたような顔をしたが、「……そういえば、どうしてだろうな」

と首を傾げた。

「校則で指定されたものじゃないから、かな」

学は、上履きに履き替えながら答えた。

「決められたものにしなきゃいけないの、なんでだろうね。そうしないと事故に遭うとか、怪我《けが》をするとかでもないのに……」

「そ、そんなの知るかよ」

僕の問いに、学は素っ気なく応じる。だけど、教室に向かいながら、一緒に考えてくれた。

「なんでだろうなぁ。制服は、俺達の身分証明書みたいなものだって先生が言ってたけど」

「それは何となく分かる気がする。でも、それなら下にはカラーシャツを着てもいいんじゃない？」

きちんと決められた上着を着れば何処の制服だか分かるし、ボトムスだけでも判別しようと思えば出来るし、いっそのこと、校章だけでも身分証代わりになりそうだ。

「うーん、皆が同じ格好していると統一感があるからとか？」

「統一感のための校則って、なんだかねぇ」

「ああ。なんだかな……」

僕も学も、すっきりしない気持ちで教室に入った。クラスメート達が挨拶をしてくれたので、僕達も返す。

「そういえば、校則がなんで必要なのか、考えたこともなかったな」

「うん、僕も。取り敢《あ》えず、従わないといけないものというくらいの認識だった」

「有名なアニメの歌詞にもなってる、何のために生まれて、何のために生きるのかっていうのも、問いかけられないと気付かない疑問だしな。そう考えると、石尾の行動は哲学的……？」

「意外と、そうかもしれないね」

意外、という言葉を使ってしまったけれど、僕は石尾君のことを何も知らない。本当は、常に哲学を追究しているのかもしれない。

そんなことを考えているうちにチャイムが鳴り、担任の先生が教室にやって来て、僕達は各々の席に着く。

入江先生の説教が長引いていた石尾君は、少し遅れて教室に入って来たのであった。

当たり前だと思っていたことに疑問を抱くと、次々と疑問が湧き出して来る。

何の変わりもないいつもの風景が、少し違って見えてくる。それこそ、鉱物と出会い、地球の仕組みについて少し知った時と同じように。

僕達の身体の中にも鉱物が存在しているし、生き物の遺骸も鉱物になる。大理石だって、生き物の遺骸が集まって凝縮されたものだという説もあった。

石と生き物は全く違うものだと思っていたけれど、原子レベルになってしまえば、それほど変わりがないし、もともと地球から生まれたもの同士だ。

そう思うと、道端の石にすら、急速に親しみが湧いてきたし、いつかは自分が道端の石になるかもしれないし、誰かのコレクションになるかもしれないと、遠い未来を夢想することが出来た。

疑問を持つと、また違った景色が見えてくる。だったら、石尾君は、僕達とは違う景色を見ているのかもしれない。

「おい」

やけに通る声が頭上から降って来たせいで、僕は急速に現実へと引き戻された。

声がした頭上を見上げると、そこには、ねめつけるように見下ろす石尾君の姿があった。

「ひえっ」

僕は思わず目をそらす。だけど、石尾君の大きな手に頭を引っ摑《つか》まれ、彼の方を向かされた。

「ずいぶんな挨拶じゃないか。隣人に向かって」

「えっ、隣人?」

草薙《くさなぎ》家の隣は、石尾家ではない。ならば、聖書的な意味での隣人だろうか。

「石尾君は、哲学者にして宗教家……?」

「なに訳の分かんないこと言っているんだ。席の話に決まってるだろ」

石尾君は、少々苛立《いらだ》ったような表情でそう言った。僕は、ハッと我に返る。

僕の周囲では、クラスメートが慌ただしく机と椅子を運んでいた。

そして、黒板には番号が振られた教室の座席表が書かれており、僕の手の中には自分の座席に振られている番号が書かれたくじが収められていた。

思い出した。ちょうど、席替えの途中だった。

「あわわわ……」

僕は慌てて立ち上がるが、石尾君は、冷めた目で僕が手にしたくじを見つめる。

「何してるんだ。お前は、ここだろうが」

「ひぃ、すいません!」

反射的に謝ってしまう。

僕は、奇跡的に今までと同じ席を引き当てたのだ。移動をする必要がなかったので、つい、思索に耽《ふけ》ってしまったのである。

「で、石尾君は……」

「俺はここだ」

教科書がたんまりと入った机を軽々と持っていた彼は、僕の隣にどっしりと下ろす。まさに、目と、鼻の先の位置に。

「おおう……」

最早《もはや》、存在を悟られないように息を潜める余裕すらなかった。

石尾君から二列離れた席では、学が「大丈夫か⁉」と口パクで尋ねる。僕は、首を横に振るので精いっぱいだった。

遠くでは山下さんが、よく一緒に話している女子と前後の席になって、嬉《うれ》しそうにはしゃいでいた。別れを惜しむクラスメートもいれば、出会いを喜ぶクラスメートもいる。

しかし僕は、生きた心地がしなかった。

石尾君は僕のことなんて意に介さないかのように、さっさと視線をそらし、席に着いた。

その時、僕は気付いてしまった。石尾君が着ている紺色のカラーシャツに、石が描いてあることに。

「ダイヤモンド……？」

そこに描かれていたのは、原石ではなく、カットされたダイヤモンドだった。あの、いかにも宝石と言わんばかりの形をしたものだ。

よく見る意匠でもあるし、特に深い意味はないはずだ。

自分にそう言い聞かせるものの、ついつい、盗み見てしまう。石尾君の身体のど真ん中に掲げられた、ダイヤモンドの姿を。

「何見てるんだよ」

「ひえっ、何も見てないです！」

石尾君にねめつけられ、僕の声は裏返る。

彼の目つきは鋭く、ダイヤモンドカッターのごとしだ。あっという間に一刀両断にされてしまいそうである。

「お前、石が好きなんだってな」

石尾君に話題を振られ、最早、生きている心地がしなかった。早く嵐が過ぎ去るようにと、心の中で念仏を唱え始める。

「た、嗜《たしな》む程度には……」

「へー」

石尾君は、感心とも呆《あき》れともつかない声をあげる。

「変な奴」

石尾君は、そう言ったっきり、教卓の方へと顔を向けてしまった。

僕は話を終わらせてくれたことに安堵《あんど》しつつも、石尾君の胸に堂々と描かれていたダイヤモンドのことが頭から離れなかった。

その日はとても疲れたので、家に帰るなり、土蔵に逃げ込んでしまった。

「どうしたんだい。顔色が悪いけれど」

僕が土蔵の電気を点《つ》けると、雫が心配そうに声を掛けてくれた。

雫の落ち着いた声を聞くだけで、緊張でガチガチになった身体が解きほぐされる気がする。

僕は、深呼吸をしてから、雫に今日のことを話した。

ちょっと怖いクラスメートが、席替えで隣の席にやって来たこと。目が合うと怖いのでそらしていたものの、ダイヤモンドが描かれているシャツが気になって仕方がなかったこと。

だけど、どうしてそのシャツを着ているのか聞く勇気も湧かなかったことを。

「へぇ、ダイヤモンドが描かれているシャツを……ねぇ」

雫はやはり、そこに食いついてきた。

「学が言うには、結構頻繁に着てるみたい。好きなブランドなのかなと思ったけど、そうじゃないみたいだし」

オシャレに敏感な学曰《いわ》く、有名なブランドのものではないらしい。

「では、ダイヤモンドが好きなのかな」

「そう、なのかなぁ……」

僕は首を傾げる。

「本人に、聞いてみてはどうだい？」

「いや、それは流石に怖いかな」

「何故？」

今度は、雫が首を傾げる番だった。「どうしてって言われても」と僕は口ごもる。

「いつも生徒指導の先生と揉《も》めてるし、他校の生徒と喧嘩をしてるっていう噂だし、見た目もちょっと怖いし……」

「先生と揉めているというのは、先生に理不尽な反発をしているということかな？」

「……ううん。僕も、気付かされることがあったって感じ」

「では、他校の生徒と喧嘩をしているというのは、誰かがそれを見ていたのかな？」

「それは、どうだろう。僕は、そういう噂があるっていうのを聞いただけだから」

「見た目も怖くて、中身も怖いのかな？」

「それも分からない。変な奴とは言われたけど」

自分が変わっているということは自覚がある。

鉱物の世界にそれほど入り込んでいない時、律さんを変わった人だと思ったこともあった。今となっては、すっかり律さん側の人間なので、僕も変わった人間の仲間入りをしていることだろう。

「彼については、分からないことだらけだね」

「……そう、だね」

「幸い、彼は君と同じ人間で、意思の疎通が出来る。だったら、本人に聞いてみるといい。分かることで、見えなかったものが見えるようになるからね」

「うん……」

雫が言うことは尤もだ。

石尾君は僕に、何かをして来たというわけでもない。それに、理不尽な暴力を振るっているところを見たこともない。

ちょっと怖い雰囲気だからという理由で避けていたのは、とても失礼なことなのではないだろうか。

「本当は、僕と意思の疎通が出来れば良かったのだけど」

雫は、残念そうに微笑む。

「どうして？」

「それは勿論《もちろん》、彼が気になるからに決まっているじゃないか」

「ダイヤモンドのことで？」

「そう」と、雫は頷いた。

「そうだね。僕も本当に、それが気になる。もし、ダイヤモンド好きだとしたら、石の話で盛り上がれるかな」

「そうなるといいね」

雫は微笑ましげに目を細めてくれた。僕も、「本当に」と頷く。

「でも、考えてみたら、僕はあんまりダイヤモンドについて詳しくないんだった……」

「まあ、達喜《たつき》もダイヤモンドのコレクションは充実してなかったからね」

僕は、記憶を頼りに、ダイヤモンドの原石が入っていた箱を探そうとする。雫も、それを手伝ってくれた。

「ハーキマーダイヤモンドなら、それなりにあるのだけど」

「それ、ダイヤモンドっていうよりも雫の仲間だよね」

ハーキマーダイヤモンドというのは、アメリカのニューヨーク州にあるハーキマー地方で採れる特徴的な水晶のことだ。

柱面が短く両錐《りょうすい》で、ダイヤモンドの原石よりも眩《まばゆ》い輝きを放つことから、ダイヤモンドを冠する通称がついたのである。

因みに、似ている水晶はハーキマー地方以外でも産出していて、最近は、パキスタン産のものが安価で多く出回っているという。中には、オイルを内包していて、ブラックライトで照らすと青く輝くものもある。

僕のコレクションにもあるし、綺麗だなと思いながら窓辺で日光を当ててみるけれど、どんなに綺麗に輝いていても、ダイヤモンドではなく水晶で、ありふれた鉱物の一つである石英の仲間だった。

「方解石も色んな形になって面白いけど、石英も柔軟性があるよね。石英の仲間だったら、水晶以外に、玉髄も瑪瑙もあるし。丸くなったり、縞模様《しまもよう》になったり、多種多様っていうか」

「オパールも親戚のようなものだしね」

雫は少し誇らしげに微笑む。

「ダイヤモンドは、そういうのはないの?」

木箱を漁《あさ》っていると、ようやく見つけた。黒い紙製の小箱に、『ダイヤモンドの原石』というメモ書きが貼ってある。

僕がその箱を持って机の方へ行こうとすると、雫は、「あの石も持って行こうか」と、同じく木箱の中の、透明なケースに入った黒い石を指し示した。

僕は、添えられたラベルの鉱物名を読む。

「石墨《せきぼく》」

「グラファイトのことだね。金剛石たるダイヤモンドの兄弟のようなものさ」

グラファイトと呼ばれた黒い石は、裸電球の光を受けてキラキラと光る。反射した光は綺麗だったけれど、ダイヤモンドのような透明感はなく、墨という名前にふさわしいほど真っ黒だった。

僕は、ダイヤモンドの原石とグラファイトを机の上に並べた。

小箱を開けると、小さなダイヤモンドの原石が入っていた。呼吸をした時の鼻息で吹き飛んでしまいそうなほどの、心許《こころもと》ない大きさのものだ。

「ちっさ……」

小指の先ほどもないダイヤモンドの原石を前に、僕は思わずそう言ってしまった。

「大きいと、手が出ない値段になってしまうんじゃないかな。それに、カットされてしまうだろうしね」

僕の隣で、雫が苦笑している。

「宝石に使われる鉱物で、鉱物標本として市場に出るのは、ほとんどがカットに不向きだとされたものと聞いたよ。カットすると無くなってしまうほど小さかったり、傷であるクラックが多かったりしてさ。良いものはカットして装飾品にした方が、価値が上がるのだろうね」

「立派な標本がカットされちゃうのは、勿体《もったい》ないね……」

ダイヤモンドも、もっと大きなものが産出されるのだろう。それこそ、小指の先なんて目ではないほどのものも。

「……これ、小さいからあんまり輝いてないのかな」

　ハーキマーダイヤモンドの輝きを思い出しつつ、本物のダイヤモンドの原石を眺めてみるものの、どの角度から見てもあまり煌めきを感じない。

　八面体に近い形の透明な石は、下手をしたらダイヤモンドの原石だと気付かれないのではないかと不安になる。

「ダイヤモンドは、カットしてこそ輝くものだからね。ハーキマーダイヤモンドと違って、表面の凹凸が激しいし、原石のままだと本領を発揮出来ないんだよ」

「人の手が加わってこそ、輝くって感じかな……」

　僕は、雫と共にダイヤモンドの原石を見つめる。ルーペで表面を観察すると、三角形を描くような凹凸が幾つもあった。

「成長痕がよく見える子だね。達喜は、そういう子をあえてコレクションに加えたのかな」

「お祖父ちゃんも、こうやってルーペで覗いたのかな。肉眼じゃあ、さっぱり見えないや……」

　長い間、瞬きをせずに見つめていたので、目がすっかり乾いてしまった。僕は目を離し、何度か瞬かせる。

「ダイヤモンドは、形こそそれほどバリエーションはないけれど、色はピンクやイエローもあって、華やかなんだよ」

尤も、それらは更に高価になるけれど、という一言を雫は忘れていなかった。

中には、加熱処理をして色を変えたものもあるという。そもそも一般的には、黒や灰色のものが多く、それらは工業用の鉱石として使われるらしい。

「それで、グラファイトは……？」

僕は、黒い塊としか言えない石を見やる。

それなりの大きさで、ルーペがなくても観察出来るけれど、透明感もないし形が整っているわけでもないし、なんだか軟らかそうにすら見えた。

「ダイヤモンドは、炭素から成る鉱物でね。グラファイトもまた、炭素から成る鉱物なんだよ」

雫は、さらりと解説してくれた。しかし、あまりにもさらりとし過ぎていて、僕は自然と首を傾げてしまった。

「炭素と何かが結びついた鉱物ってこと……？」

「いいや。両方とも純粋な炭素さ。化学式が同じなんだ」

きっぱりと言い切る雫を前に、僕は改めてダイヤモンドとグラファイトを見比べた。

そんな話を耳にしたことがあったような気もするけれど、改めて実物を見ると、疑問しか浮かばない。

「水晶と玉髄と瑪瑙は……、形が違うけど、何となく一緒だって分かるんだよね。質感が似てるというか、同じ硬さなんだなって感じがするし。でも、これは質感が完全に違うんじゃないかな……」

「その通り。ダイヤモンドがモース硬度十なのに対して、グラファイトは一や二だからね。鉛筆の芯にも使われているんだよ」

「軟らかっ！　身近っ！」

どうやら鉛筆の芯は、粘土とグラファイトを混ぜて作るらしい。僕は知らない間に、グラファイトのお世話になっていたのか。

「僕達も君達も、原子同士が結合して今の形になっているのは、知っているね？」

雫の問いに、僕は「うん」と頷いた。

「ダイヤモンドとグラファイトもまた、炭素原子同士が結合してその形になっている。けれど、その結合の仕方が違うんだ。ダイヤモンドは立体的に結合していて、グラファイトは平面で結合しているんだよ」

雫は、「ごらん」とグラファイトを指し示す。

「よく見ると、結晶が層状になっていないかい？」

「あっ、本当だ」

ルーペを使って表面を見てみると、鱗状《うろこじょう》の結晶が、ミル・クレープのように層状になっていた。今にも剝がせそうな佇《たたず》まいは、何処かで見たことがある。

「雲母もこんな感じだっけ」

「そうだね。グラファイトも、雲母のように剝がそうと思えば剝がせるんだよ。電気も通すしね」

一方、ダイヤモンドは電気を通さないという。

ダイヤモンドは炭素同士がみっちりと結合しているが、グラファイトは少しだけゆとりがあるそうだ。いずれも、地球の地中深くで高い圧力がかかることで出来るらしいけれど、高温過ぎるとグラファイトになるのだという。

「温度が高ければ高いほどいいっていうわけじゃなくて、程々だとダイヤモンドになるんだね。その程々が難しいから、価値が希少になるのかな」

「恐らくね。グラファイトも工業的に役に立っているから、価値が低いとは言えないけど」

「炭素って奥が深いなぁ……」

僕は、ダイヤモンドとグラファイトを眺めながら、しみじみと言った。

「そうだ。グラファイトならば、他にもあったはずだよ。試しに剝がしてみるといい」

「えっ、いいの？」

雫の提案に、僕は目を丸くする。

「樹に楽しんで貰《もら》った方が、達喜も喜ぶだろうしね。樹が鉱物と仲良くなってくれれば、僕も嬉しいし。それに、ちゃんとした標本として保存していたのではなくて、他の鉱物の母岩になっていた石が剝がれたものだから……」

　雫は、少し言葉を濁す。

　恐らく、何らかの理由で破損してしまった標本だろう。

　律さんも、標本をケースに固定していたミネラルタックを取ろうとしたら、標本の一部ごと取れてしまって泣いたという話をしてくれた。コレクターにとって、日常茶飯事らしい。

　律さんは、開き直って小さな標本として保存するか、サンプルとして誰かに譲るかするらしい。地球の欠片なので、勿体なくて処分出来ないと言っていた。

「お祖父ちゃんも、勿体ないと思って取っておいたのかな」

「あとは、申し訳ないと言っていたね」

「そっか……」

　祖父のコレクションには、所々に罪悪感のようなものが見受けられる。産地不明の雫の本体も、その一つだ。

「お祖父ちゃん、優しかったんだろうな……」

僕はぽつりと呟く。他人に申し訳ないと思うことは、良くも悪くも、そこに優しさがあるからだろう。

「ああ。その通りだね」

雫は深々と頷く。

それ以上、言葉は要らなかった。

その後、僕は雫と共に欠けたグラファイトを見つけた。親指の先ほどの小さな石だったけれど、それはそれで一つの標本のように見えた。

僕はグラファイトも雲母のように剝がせることを確認した後、ハンカチにそっと包んで、自室に持ち帰った。

学に見せたら面白がるかもしれないし、山下さん達に見せたら、ファンシーな雰囲気の鉱物以外にも興味を持って貰えるかもしれない。

鉱物と親しむための標本としての役目を持たせることで、祖父の罪悪感を少しでも拭えるのではないかと思いながら、グラファイトの欠片を小袋に入れたのであった。


次の日の朝は、校門を抜けた後も一人だった。学は部活の朝練があるので、一足先に登校していた。

ちょっと早く着いてしまったため、校内を歩いている生徒はまばらだった。部活動をしている生徒はそれぞれ朝練の場所にいて、それ以外の生徒はまだほとんど登校していない。そういった、中途半端な時間だった。

そんな中、生徒指導室の中から怒声が響いて来た。

「うわっ……、ビックリした」

入江先生の声だった。話している内容はよく聞き取れなかったけれど、とても怒っていることだけは分かった。

巻き込まれるのも怖いし、早く立ち去ろう。

そう思って教室に向かおうとした時、生徒指導室の扉が開いた。

「……お前」

姿を現したのは、石尾君だった。僕はとっさのことで、声が出なかった。

「聞いていたのか？」

石尾君が、僕をねめつける。恐怖のあまり、身体が硬直しそうになりながらも、必死になって首を横に振った。

「は、話の内容は、聞こえてない」

「そうか」

石尾君は短くそう言うと、のしのしと歩き出す。僕もまた、慌てて教室へ向かおうとした。

二人の足音が重なり、誰もいない廊下に響き渡る。

「……あの、石尾君」

「なんだ」

「どうしてついてくるのでしょうか……？」

僕の少し後ろをついてくる石尾君に、思わず敬語になりながら尋ねる。

「お前と同じクラスだからだ」

「そ、そうですよね……」

ははは、とぎこちなく笑う。ついでに、僕の隣の席なので、教室に着いても彼と一緒にいることになる。

「……お前、進学校に行くんだってな」

石尾君は低い声で、静かに尋ねる。「うん、まあ……」と僕は生きた心地がしないまま頷いた。

「受験勉強は？」

「ぼちぼち始めてる……。将来行きたい大学もあるし……」

「だろうな」

石尾君は、納得したように頷いた。

「お前は頭がいいし、品行方正だ。推薦入学という道もあるかもしれない」

「……そうかな」

テストの点数も、物凄くいいわけではない。まあまあ、とか、それなりというレベルだ。学校生活の方は、先生に指導されたことがないので、一応、品行方正の部類に入るのかもしれない。

「俺は、高専に行くつもりだった。俺もやりたいことがあるし」

「高専かぁ……。凄いね。道がしっかりと決まってる感じで」

石尾君の姿を、ちらりと盗み見る。今日も、ダイヤモンドのカラーシャツを着ていた。彼は、ダイヤモンドのように硬く、揺るぎない意志の持ち主なのかもしれない。将来を見定めた進路は、石尾君らしいと思った。

「……あれ？　だった、って」

そう言えば過去形だな、と僕は疑問に思う。石尾君は、バツが悪そうな顔をした。

「このままじゃ無理だって言われた」

「どうして……」

「内申書に記入する生活態度が悪いらしい。このままだと、入試に響くと言われた」

石尾君は、素っ気ない口調だったけれど、僕の質問に一つ一つ答えてくれた。

思ったよりも怖くなくて、思ったよりも真面目で、思ったよりも悩みを持っているのかな、と僕は感じる。

「指導を受けた回数があまりにも多いんだと。これ以上指導されるようだと、希望する進路に進めない」

石尾君は、悔しげに表情を歪《ゆが》めた。

「……あの、さ」

「なんだ」

僕は立ち止まって振り向く。石尾君の鋭い眼差しを受けて、身を竦めてしまいそうになったけれど、勇気を振り絞って尋ねた。

「石尾君は、どうして先生の言うことを聞かないの？」

僕の質問に、石尾君は気を悪くしたのか、目つきを鋭くしてねめつけて来た。だけど、僕は固唾を呑《の》みながらも見つめ返す。

ここで目を合わせないですませるのは、彼と真剣に向き合っていない証拠だ。不躾《ぶしつけ》な質問をしたという自覚があるからこそ、石尾君と真《ま》っ直《す》ぐ向き合った。

石尾君は、僕を見定めるようにじっと見つめた後、静かに息を吐いた。

「従う理由がないからだ」

「でも、校則なのに」

「理にかなった校則ならば従う。だが、カラーシャツを着てきたからといって、誰かが怪我をするわけでもないし、不幸になるわけでもない」

「確かに……」

制服に関しては、僕は反論が出来なかった。

「俺は、何事にも揺るがない人間になりたい。こいつが、その証《あかし》だ」

石尾君は、自分のシャツの胸に大きく描かれた、ダイヤモンドを指さす。

「ダイヤモンドのように硬く……」

「そう。お前は石好きなんだってな。ダイヤモンドには詳しいんだろ？」

「詳しいというわけでもないけど、多少は知ってる……かな」

どうしても、律さんや雫のような鉱物のエキスパートが脳裏を過《よぎ》ってしまう。彼らに比べたら、僕なんてまだまだだ。

「親父《おやじ》は、そういう生き方をしていた男だった。数年前、病気で逝《い》ったけどな……」

「そうなんだ……」

ダイヤモンドのシャツは、その父親の形見だという。

石尾君は、父親の生き方をずっと心の底に置いていたのか。高専に進むのも、父親が関係しているのかもしれない。

「石尾君、これからどうするの……？」

「どうするんだろうな」

石尾君は、苦い表情になる。どうやら、素直に生徒指導に従うつもりはないらしい。

「親父が言っていた。何でもかんでも、大人《おとな》の言うことに従うな。何も考えられない大人になるぞ、って」

「何も考えられない大人……」

それこそ、カラーシャツが駄目だと言われたら、素直に脱いで、生徒手帳に描かれている見本のような服装にすれば、それ以上、注意されることもないだろう。中学生のうちならばそれでいいかもしれないけれど、大人になったらどうだろうか。

僕が、将来、サラリーマンになって会社で鉱物の話をしてはいけませんと言われたら、それこそ理不尽さを感じるかもしれない。鉱物の話をして、一体何が悪いのか、と。

しかし、何も考えられない大人だとしたら、反発することなく素直に従うかもしれない。

右に行けと言われたら、崖が待ち構えていても右に行き、白を黒だと言われたら、白を黒と呼ぶようになる。

そんな大人になるなんて、僕も御免だ。

右に崖があったのなら、行きたくないと意思表示をするし、誰が何と言おうと白は白だし、特に理由もなく鉱物の話を禁止にされたら腹が立つし、反論の意思を示したい。

石尾君の父親の言うことが、少し分かったような気がした。

「だから、石尾君は反発しているんだね。自分が納得して従う理由もないし、意思を曲げたくないから……」

「……ああ」

石尾君は頷く。

しかし、その表情には、葛藤のようなものが窺《うかが》えた。果たして、今のままでいいのかと。

「でも、反発するだけが意志の強さじゃないんじゃないかな」

「何……？」

石尾君の眉間に、ぎゅっと皺《しわ》が寄せられる。

その険しい顔を前に、内心は生きた心地がしない。だけど、僕の気持ちはちゃんと伝えなくてはいけないと思った。

「ダイヤモンドって、モース硬度は最高だけど、劈開があるんだ。だから、意外なところで壊れちゃうかもしれない」

モース硬度は、鉱物の硬さを測るもので、劈開というのは割れ易い方向だと説明しつつ、僕は続けた。

「揺るがない気持ちを持つのは大事だと思うけど、本当に大事なものは何か、考えてみようよ」

「本当に……大事なもの……」

石尾君は俯《うつむ》く。

いや、自らの胸に抱くダイヤモンドを見つめたのだろう。まるで、父親と向き合って話をするように。

「石尾君にとって大事なものって、先生に反発することなのかな」

「……いいや」

石尾君は、静かに首を横に振った。

「大事なのは、高専に行くことだよね。もっと突き詰めれば、高専の先に行くためかもしれないけど……」

「ああ」

石尾君は頷く。

石尾君が怖いと思っていたのは、完全に誤解だった。見た目はちょっと怖いかもしれないけれど、中身はダイヤモンドのようにしっかりした男だった。

だからこそ、石尾君にこんなところで躓《つまず》いて欲しくないと思った。劈開で割れてしまったダイヤモンドのようになって欲しくないと思った。

僕は、通学鞄《かばん》の中に手を突っ込んで、小袋を取り出す。その中身を、石尾君の手のひらに乗せた。

「これは……？」

石尾君は不思議そうな顔で、手のひらの上に乗せられたものを見やる。

それは、黒い石だった。透明感はないけれど、廊下に差し込む朝日を受けて、キラキラと輝いている。

「石墨――グラファイトだよ」

「グラファイト……？」

「ダイヤモンドと同じ、炭素で出来た鉱物なんだ」

「ダイヤモンドと同じだって？」

信じられない、といった目で、石尾君はグラファイトを見つめる。ちょっと指先で触れると、剝がれた破片が手の中にパラパラと落ちた。

硬いものの代名詞と言えるダイヤモンドと同じとは、とても思えない。それくらい、グラファイトは脆いものだった。

「両方とも、地中深くにあって、物凄い圧力がかかって出来る鉱物だけど、生成された温度が違うとダイヤモンドになったり、グラファイトになったりするんだって。まあ、その辺は別にいいんだけど……」

言いたいことは、そこじゃない。

僕は、グラファイトを手にした石尾君を、真っ直ぐ見つめた。

「大人が言っていることが、正しいのか間違っているのか、僕達に判断するのは難しい。

人生経験が足りないし、大人だって、正しいことを全て知っているわけじゃない」

　でも、と僕は続けた。

「軟らかいグラファイトみたいに、柔軟に対応することも必要なんじゃないかと思うんだ」

　調べてみたところ、グラファイトは潤滑性と熱伝導率、電気伝導性や耐熱性などに優れているらしい。

　鉛筆の芯や、乾電池や自動車などにも利用されているし、カーボンナノチューブにも応用されているという。

「そんなに脆くても、色々なところに使われているんだな……。いや、脆いというよりは、お前が言うように、柔軟性があるのか……」

　石尾君が目を細める。

「石尾君……」

　もしかして、微笑んでくれたのか。

　彼の頑《かたく》なだった表情が柔らかくなったその時、学校の廊下の風景が、ぐにゃりと歪む。

「えっ、あれ……？」

　眩暈《めまい》だろうか。そう思っているうちに、周囲は変化していき、僕の意識は闇に飲み込まれたのであった。

気付いた時には、僕達は、巨大な穴の中にいた。

どうして穴の中だと分かったのかというと、周りは砂と土に囲まれているが、頭上には丸く切り取られたように青空が見えたからだ。

「何だ、ここ……」

石尾君が、グラファイトを手にしたまま戦慄《おのの》く。

彼が動揺するのを見たのは初めてで、僕もつられて慌てそうになるものの、気を取り直して、辺りを見回した。

周囲はすり鉢状になっている。上に登るための道が存在しているので、人工的に掘られたものだろう。

人工的に、と簡単に言ったものの、地上は遥《はる》か彼方《かなた》にある。螺旋状《らせんじょう》に巡らされた道を歩いて地上に辿《たど》り着《つ》くのに、一体、どれくらいの時間がかかるだろう。

そして、こんな地中深くまで掘り進めて、一体何をしていたのだろう。

「これは、露天掘りだ」

背後から、静かな声が聞こえた。

ぎょっとして振り返ると、そこには、黒衣を纏《まと》った少年が立っていた。髪も瞳も真っ黒で、肌の色も随分と濃く、エキゾチックな顔立ちの綺麗な男の子だった。

人間離れした美しさと雰囲気を併せ持ったその人物は、恐らく石精だ。雫と同じ石の精霊が、僕達を幻想の世界に招待したのだ。

「お前は……？」

石尾君が怪訝《けげん》な顔で尋ねる。

だけど、黒衣を纏った石精は答えずに、足元の石を両手いっぱいに掬《すく》う。

「この中に、ダイヤモンドがある」

「この中に……？」

僕と石尾君は、石精の手の中を覗き見る。

しかし、目につくのは大小取り交ぜた黒い石ばかりだ。

「ダイヤモンドは、キンバーライトのような石の中に捉えられていることが多い。だから、これらを地上に運び、粉砕して、重液で不要物を取り除きながら、ダイヤモンドを取り出すんだ」

石精は、淡々と説明した。

しかし、持ち帰った石の中に確実にあるとは限らない。ダイヤモンドが入っている可能性がある石を大量に持ち帰り、多くの不要物を取り除いて、初めてダイヤモンドが手に入るのだという。

「ダイヤモンドが希少で、地中深くにあるのは知っていたけど、まさか、こんなに大規模な掘り方をしていたなんて……」

僕達は頭上を見上げる。「地上まで、五百メートルある」と石精は言った。

「五百メートル⁉」

「……そんなに掘って、大丈夫なのか？」

石尾君もまた、眉根を寄せた。

「何がだ？」

「その、周囲の環境を変えてしまうんじゃないか？」

石尾君の言葉に、石精は目を伏せた。それが肯定の意味だというのは、すぐに分かった。

「ダイヤモンド鉱山に限らないが、鉱山は周囲の環境を変えてしまうことが多い。地形を変化させ、そこに住んでいた生き物達を追い払い、水を汚すこともある」

また、そこで働く人達の労働環境も過酷だという。ダイヤモンド鉱山があるのは、厳しい気候の地域が多く、中には永久凍土という場所もある。

「華やかで輝かしい鉱物だけど、市場に流通する背景を考えると、綺麗という側面だけでは語れないってことだね……」

僕がそう呟くと、石尾君は自らの胸に描かれたダイヤモンドを見つめる。

そこに描かれたダイヤモンドもまた、地中深くから掬い上げられたものの一つなんだろうか。

「華やかで輝かしいだけじゃない……」

石尾君の言葉に、石精は頷いた。

「華やかで輝かしいからこそ、多くの人間がダイヤモンドを求める。そこで、多くを採掘する必要が生じる。それと比例して、そこに纏わりつく問題も苦労も多くなる」

「人がダイヤモンドを求めれば求めるほど、この穴も深くなる……」

石尾君は、穴の底で足元を見つめる。「そうだ」と石精は頷いた。

ダイヤモンドは、少し掘っただけでは出て来ない。だから、周囲の地形を大きく変えてしまうほどにどんどん掘る必要がある。穴を掘った場所は、元に戻せないというのに。

「輝かしいところだけではなく、その裏も覚えていて欲しい。その上で、考えて欲しい。ダイヤモンドのようになるというのは、どういうことか……」

石精は、遠い目をした。自分のことというよりも、誰かを思いやるような面持ちだった。

「もしかして……。いや、やっぱり貴方《あなた》は……」

僕の言葉に、石精は答えない。その代わりに、無言のまま、石尾君が手にしたグラファイトを見つめた。

やはり、グラファイトの石精か。

「……何者なんだ？」

石尾君は、僕に耳打ちする。彼は、「これは夢なのか？」と、今置かれている状況に対して半信半疑で辺りを見回していた。

僕は、素直に説明する。

「あのひとは、鉱物の精霊だよ。僕達と彼らの縁が繋がった時、彼らは僕達に語り掛けてくれるんだ」

「鉱物の、精霊……」

「石精っていうんだけどね」

石尾君は、「石精……」と鸚鵡返し《おうむがえ》しに呟きながら、目の前の石精をまじまじと見つめる。石精本人は、石尾君の視線など気にしないといわんばかりに、澄ました顔をしたままだった。

「ダイヤモンドという兄弟のことを気にして、僕達にこの幻想を見せてくれたの？」

僕は、グラファイトの石精に問う。

すると彼は、「さあ」と素っ気なく応じた。

「ただ、ダイヤモンドのことを愛するならば、様々な面を知っておいた方がいいと思っただけだ。多くを知ることで、見える景色が変わるだろう」

それによって、もっと好きになるかもしれないし、逆に、避けるようになるかもしれない。だけど、知った上でその結果になるのなら、それでいいのではないかと、石精は言った。

彼はグラファイトの石精なのに、石尾君がダイヤモンドに惹《ひ》かれていることを知って、ダイヤモンドのことを語ってくれたらしい。

石尾君は、それを黙って聞いていた。

そうしているうちに、深い穴の遥か頭上から、チャイムの音が響いて来た。

「あっ、予鈴だ……！」

それは、聞き慣れた学校のチャイムだった。石精はこれが潮時だと言わんばかりに、身をひるがえそうとする。

「おい」

石尾君の声が、それを止めた。

石精が顔を上げると、石尾君はグラファイトを持っていない方の手を差し出す。

「また」

「ああ」

とても短いやり取りだったけれど、二人にはそれで充分だった。石精は、石尾君の手をしっかりと握り返す。

石精の姿も、露天掘りの風景も、徐々に薄れていく。

それでも、ふたりの固い握手は、交わされたままだった。

僕の目には、その絆《きずな》こそ、ダイヤモンドのように硬く、輝いているように見えたのだった。

気付いた時には、僕達は廊下に突っ立っていた。

朝練を終えた学が、「何してんだ。早く教室に行こうぜ！」と僕に声を掛けながら去って行く。

授業前の慌ただしい廊下で、僕と石尾君は顔を見合わせた。

「行くか」

石尾君は、夢から醒《さ》めたばかりのような顔をしていたが、すぐにいつもの落ち着いた様子に戻った。

そんな石尾君に、「そうだね」と僕は頷く。

「……これ」

教室に向かおうとした時、石尾君は僕に、持っていたグラファイトを返そうとした。

僕は一瞬、どうしようかと思ったものの、首を横に振った。

「いいよ。あげる」

「……大切なものじゃないのか？」

「まあ、それなりに大切なものだけど、僕が持っているよりもきっと、石尾君が持っていた方がいいよ」

石精の縁は、石尾君と結ばれていた。だから、石尾君と一緒にいた方が幸せになれるはずだ。

僕は、グラファイトを入れていた小袋と、産地と鉱物名をメモしておいた紙を渡し、そうした情報が書かれたラベルの大事さを語りながら教室へと向かった。

石尾君の手の中では、朝日を浴びたグラファイトがほんのりと嬉しそうに、キラキラと輝いていた。


石尾君は翌日、カラーシャツは着て来なかった。

廊下で石尾君と鉢合わせした入江先生は、いつものように怒鳴ろうとしたものの、正しい服装をしていることに気付き、「や、やれば出来るじゃないか」と狐《きつね》につままれたような顔で立ち去って行った。

隣の席に着く石尾君に、僕はこっそり話しかけてみる。

「今日は、カラーシャツを着て来なかったんだね」

「ああ。制服について、他の先生にも聞いた」

すると、校則は守ることに意味があるのだという答えが返って来たという。

社会に出ると、様々なルールに従わなくてはいけない。その訓練として、校則があるのだと言われたそうだ。

社会は広い。自分と身近な人だけを気にかければいいというものではない。身近な人のそのまた身近な人を守るためのルールがあり、自分もまた、見たことがないその人がルールを守ることによって生かされているということらしい。

そういったルールを守れるように、まずは簡単な校則によって、訓練をしようという話だった。

「他にも理由があるかもしれないが、その先生の見解はそんな感じだそうだ」

「成程……。ルールを守るための訓練か……。それはなんか、納得出来るね」

「……社会に出た時、俺のこだわりのせいで、間接的に誰かが迷惑するのも嫌だ。今回の件で、意固地にならずに、多くの意見を聞いて柔軟に判断した方がいいということを学べたな」

そう言った石尾君の表情は、今までよりもぐっと大人びて見えた。中学校を卒業して高専に入ったら、あっという間に大人になってしまいそうだな、と思う。

「ダイヤモンドが多くの繋がりを持っているように、俺達にも色々なものが繋がっている。俺は、自分のエゴで遠い土地の地形を変えたくないと思う。だから、繋がりの先をよく知ってから、石墨のように柔軟に行動したい」

そう言う石尾君が、眩しく見えた。無骨だが芯の通った輝きは、光を受けたグラファイトのようだった。

「だが、石を持って来てはいけないという校則はない」

石尾君は、さらりと言う。

「もしかして……」

息を呑む僕の前で、石尾君は首元を見せる。よく見ると、首には紐《ひも》が掛けられていた。石尾君は、制服の中から、無言で小袋を取り出す。その小袋は、昨日、彼に渡したものだった。

長い紐をつけて、首からぶら下げていたらしい。小袋に入ったグラファイトが、ちょうど、胸の位置に来るようにと。

「親父のダイヤモンドは、胸の中にある。俺はダイヤモンドのように硬く、グラファイトのように柔軟で強《したた》かに生きることにする」

「ははっ。それくらいの強かさがあれば、何処でも生き残れそうだね」

社会の荒波は厳しいらしいけれど、石尾君ならばどんな形でも活躍が出来るかもしれない。

黒衣の石精は、石尾君の隣にひっそりと立っていた。彼は石尾君の言葉に深く頷いたかと思うと、そっと虚空に消えたのであった。

第二話

Episode 2
Golden Land

黄金の国

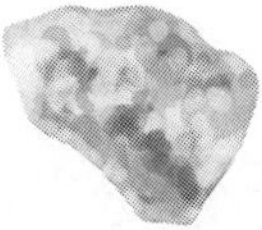

土蔵にある祖父の遺品は、いつの間にか、何処《どこ》に何があるのかがハッキリと分かるようになっていた。

美術品は大半が引き取られ、鉱物が入った箱には外にもラベルが貼られて、何が入っているかおおよその把握が出来るようになった。箱の配置は、律さんが鉱物の分類順に並べてくれたとのことで、僕はそれに早く慣れようと思った。そうすれば、今よりもずっと、鉱物を探すのが早くなるだろうから。

「えっと、元素鉱物と硫化鉱物、そして、酸化鉱物……」

僕は、鉱物の図鑑を広げながら、ずらりと並ぶ箱に貼られたラベルを見つめていた。僕が唱えたのは、鉱物の化学組成を基にした分類で、大抵の図鑑はこの分類ごとに掲載されている。

元素鉱物の箱の中には、自然硫黄《いおう》や石墨《せきぼく》、ダイヤモンドなどの、一つの元素から成る鉱物が入れられていて、硫化鉱物の箱の中には、黄鉄鉱《おうてっこう》や黄銅鉱《おうどうこう》などの金属元素と硫黄が結びついた鉱物が入れられている。

硫化鉱物は、比重が大きい金属鉱物が多く入っていて、もやしのような体形の僕では持ち上げることは出来なかった。

「酸化鉱物の箱は、僕の居場所だね」

僕が図鑑と箱とを睨《にら》めっこしていると、雫が横からひょっこりと顔を出した。

雫の透き通った髪が、裸電球の光を受けてキラキラと光る。僕はそれに見とれながら、「そうだね」と頷《うなず》いた。

酸化鉱物は、金属元素と酸素の化合物から成る鉱物を指す。

その中には、水晶である雫が分類されている石英《せきえい》や、ルビーやサファイアの原石となるコランダム、遊色が虹色に輝くオパールなどが含まれていた。

図鑑に書かれているそれぞれの化学式を見てみれば、よく分かる。彼らには、酸素を示すOが必ず含まれている。

「なんか、不思議な感じ」

「どうしてだい？」

僕の呟《つぶや》きに、雫が首を傾《かし》げる。

「酸素って、僕達が呼吸の時に取り込んでるイメージだからさ。雫達は呼吸をしないのに酸素が入ってるって、不思議だなぁって」

「自発的に酸素を化合出来るか、そうでないかの違いさ」

「あー、そういう。雫達は自然任せのところを、僕達は自分達でどうにか出来るっていうだけか。なんか、酸素って生き物にとっての必需品っていう感じだったから……」

「僕達のような、酸化鉱物にとっても必需品——というか、アイデンティティだね。酸化出来ないと、そもそも、僕達は酸化鉱物になれないし」

「酸化しなかったら……ケイ素だっけ」

「ご名答」

雫は、とても嬉《うれ》しそうに微笑《ほほえ》んだ。

石英グループである水晶は、二酸化ケイ素だ。二つの酸素と、一つのケイ素が結合して成り立っている。

「酸化せずに、ケイ素だけだと鉱物にならないの？」

僕の問いに、雫はしばしの間、沈黙して考え込む。

「僕は……聞いたことがないね。自然界では、純粋なケイ素でいられることは難しいのかもしれない」

「ああ、成程《なるほど》……」

「純粋なケイ素は、シリコンと呼ばれることもあるというのは、聞いたことがあるけどね」

シリコンならば聞き覚えがある。

だけど、自然シリコンという鉱物は見たこともないし、化学的に作られたものというイメージが強いので、自然界のケイ素を含むものから人工的にケイ素を取り出しているのかもしれない。

「うーん、奥が深いな……」

僕が唸《うな》っていると、土蔵の扉が開く。

重々しい音とともに差し込む外界の光が、ぼんやりと明るかった土蔵の中を明瞭に照らした。

「お邪魔しまーす」

「律さん！」

顔を出したのは、若い男の人だった。

生前の祖父の鉱物仲間だった律さんだ。律さんは博識で、すっかり僕の鉱物の先生の一人と化している。

今日は土曜日で、会社が休みの律さんとともに、土蔵の整理をする日だった。

律さんは、父に挨拶を済ませてから土蔵に来たらしい。雫も、律さんが登場するなり、嬉しそうに「やあ」と挨拶をした。

「いらっしゃいませ。今日も宜《よろ》しくお願いします」

「こちらこそ、宜しく。っていっても、もう、ほとんど片付いちゃったけど」

律さんは、ちょっと寂しそうな様子で整理された土蔵を見渡す。

アンティークの家具もほとんど引き取って貰《もら》ったため、魔法使いの住処《すみか》のようだった土蔵も、かなりすっきりしている。

雫の本体である日本式双晶《そうしょう》や、大型の標本がのっている机は前のままだし、一部の棚や椅子は、僕がどうしても別れ難くて残して貰っているけれど、それは本当に、土蔵で過ごすための最低限の家具で、オブジェと化していた家具達は、新しい持ち主に出会うために旅立たせてしまった。

「こうして見ると、この土蔵、こんなに広かったんだなって思うよね」

律さんは、しみじみとした表情で土蔵を見渡す。確かに、ここに最初に入った時よりも、一回りも二回りも広く見えた。

「こんなに立派な土蔵なのに、このままにしておくのは勿体《もったい》ないですよね。両親も収集家というわけじゃないですし……」

「まあ……ねぇ」

律さんは溜息《ためいき》を吐《つ》く。

「むしろ、貸倉庫みたいに、貸土蔵でもして欲しいくらいだよ」

「律さん、コレクションを飾るところがもうないんでしたっけ」

「そろそろ、人間が住むところがなくなって来たかな……。鉱物は部屋の中に置くとして、人間は廊下か玄関で寝る感じに……」

「いやいや。部屋で寝ましょうよ！　何とか場所を確保して！」

虚《うつ》ろな眼差《まなざ》しの律さんに、僕は慌てる。

鉱物を廊下や玄関に置くことも出来るのに、自分より鉱物を優先するなんて、やはり、律さんは筋金入りの石好きだ。

「……僕の仲間は頑丈だから、玄関でも構わないと思うよ。劈開《へきかい》もないし、風化にも強いし……」

見かねた雫が、苦笑交じりでアドバイスをする。

「ほら、律さん。鉱物側の雫にまで心配されちゃってるじゃないですか。律さんの家の鉱物達も、同じことを思ってるかもしれませんよ……！」

僕の言葉に、律さんは「ううっ……」と呻《うめ》く。

「水晶は確かに頑丈だけど、うっかり躓《つまず》いたら、僕の足の骨が折れそう……」

「ああ……。むしろ、人間の方が心配なやつですね」

人間の骨は水酸燐灰石《すいさんりんかいせき》から成るらしいので、水晶よりもモース硬度が低い。うっかり度が強ければ、骨折というのは冗談では済まなくなりそうだ。

「でも、律さんにはお世話になってますし、土蔵をお貸し出来ないか、父に聞いてみますよ」

「有り難う……。って言っても、いつまでも甘えるわけじゃないから安心して」

「どういうことですか？」

「もう少し昇給したら、収納スペースがもっと広いところに引っ越そうと思って」

「収納スペースが」

やはり、律さんの基準は鉱物優先だった。

「まあ、部屋が広くてもいいんだけどね。大きな収納を置ければ、それで解決するし」

「まあ、そうですけど……」

それでいいんだろうか、という気持ちは呑《の》み込んだ。

「東京の郊外に行けば、広くて安価な家が見つかるかもしれないね。それならば、律君もゆったり過ごせるのではないかな」

石精《いしせい》である雫は、実に人間的で真っ当な意見をくれた。

しかし、律さんは難色を示す。

「確かにそうなんだけどさ、鉱物イベントの会場から遠くなるのはちょっとね。産地が近くなるならいいんだろうけど……」

「別荘を買うとか……」

「いいね！」

僕の冗談半分の提案に、律さんは親指を立てて賛成した。

「都心と郊外に二つ家を持つのはいいかも！　都心の家は狭くても、郊外の家は広くて石がいっぱい置けるところで、産地も近くて石もいっぱいあって……」

律さんは、理想郷を妄想して悦に入っていた。思わず苦笑が漏れてしまったが、夢があっていいなと思う。

「鉱物用の別荘かぁ。私設博物館みたいですね」

「それ！」

律さんは目を輝かせる。

「自分のコレクションを、みんなに見て貰うのはいいよね。ガラスケースの中に、大きい標本を並べたり、自作のラベルで飾ったり……。夢があるなぁ」

「律さんのコレクションを見てみたいですし、実現したら遊びに行きますね」

「有り難う！……実現には程遠いけど」

今の月給的に、と現実に戻った律さんは、テンションを下げながら付け足した。

「いっそのこと、油田を掘り当てればいいのかな。石油王になったら、別荘どころか鉱山まで買えるかも……」

「日本であれば、温泉の方が現実的かもしれないね。ただし、掘り当てるまでが大変そうだけど」

話を聞いていた雫は、ほんのりと苦笑する。

「地道にコツコツと稼ぐしかないか……。温泉王を夢見つつ」

「温泉王っていうと、温泉に凄《すご》く詳しい人みたいですね……」

温泉はともかく、律さんの私設博物館を見てみたいのは本心だ。何らかの形で叶《かな》えて貰えると嬉しいなと、切実に思う。

「さてと。気を取り直して、整理の続きをしますか」

律さんは、腕まくりをして気持ちを切り替える。

祖父の鉱物コレクションの整理が終わるまで、あと少しだ。数えられるほどになった未処理の箱を、律さんは「よっこらせ」と手繰り寄せる。

「そう言えば……」

僕がぽつりと呟いたのに対して、「ん?」と律さんは首を傾げた。

「整理が終わったら、律さんとはもう、こうやって定期的には会えないんですかね……」

「樹君……」

何気なさを装って尋ねたつもりだったが、自分が思ったよりも声が沈んでいた。律さんを困らせてしまったかな、と慌てて手をパタパタと振った。

「あ、いいえ、すっかり習慣になってたので、少し寂しいなと思っただけで。その、鉱物のイベントがある時は、また一緒に出掛けられたらいいな、とか」

「一緒に出掛けよう、是非！」

　律さんは、僕の手をグイっと摑《つか》んで力強く言った。

「鉱物のイベントもそうだけどさ、案内したい産地もあるし。勿論《もちろん》、糸魚川《いといがわ》みたいに、比較的危なくないところで」

　鉱物の産地は、人が滅多に出入りすることがない場所も多く、危険地帯も多い。採集に行って事故で亡くなってしまったという、天音《あまね》さんの父親の話を思い出した。

　だけど、糸魚川のヒスイ海岸や親不知《おやしらず》海水浴場のように、観光地化しているところもある。そういうところならば、中学生の僕でも安心だ。

「二人で出掛けるのもいいけれど、ちゃんと土蔵にも顔を出して欲しいものだね。僕も、律君には会いたいし」

　雫が微笑むと、律さんは「勿論！」と嬉しそうに顔を綻ばせた。

「雫君とは、もっと語りたいことがあるしさ。これからも、お邪魔させて貰うよ！」

「ふふっ、楽しみにしているよ」

　雫もまた、嬉しそうに笑った。

　そうだ。土蔵の整理が終わっても、僕達の関係が終わるわけではない。結んだ絆《きずな》は、ちゃんと続くんだ。

僕は、そっと胸を撫《な》で下ろす。祖父の人生の軌跡を辿《たど》る土蔵の整理が終わってしまうのは寂しいけれど、律さんや雫とは、これからも新しい思い出を作ることが出来る。

「この土蔵も、そんな新しい思い出で満たしていけばいいのかな……」

空間が増えた土蔵を見て、僕はぽつりと呟いた。雫と律さんの耳にはそれがしっかりと届いていたらしく、「そうだね」とふたりは頷く。

「草薙家の土蔵だし、樹が好きに使ってもいいんだよ。樹のコレクションを並べてもいいしね」

「そうそう。何なら、秘密基地にしてもいいだろうし」

律さんは目を輝かせた。

「秘密基地かぁ。確かに、最近は宿題をやりに土蔵まで来てますしね。秘密基地的な用途に近いのかも」

「っていうかそれ、もう、実質別荘でしょ！」

いいなー、と律さんは声をあげるものの、その視線は、何処か微笑ましげで、なんだかむず痒《がゆ》かった。

「それに、土蔵には雫君もいるしさ。別荘兼友達の家って感じ？」

「ああ、確かに。でも、雫は友達というより、家族に近いかもしれませんね」

僕が律さんにそう言うと、雫は顔を綻ばせる。その、柔らかくも幸せそうな表情に、僕は胸の奥がきゅっと摑まれたような気がした。

「家族かぁ。言われてみれば、それくらい親密な間柄だしね。楽しそうで何より」

律さんは羨《うらや》ましそうに、僕達を見つめる。

「律さんって、一人暮らしでしたっけ」

「そうそう。寂しい独り身でね。いや、石がいるから寂しいってことはないけど」

「きっと、みんなで律君を見守っているよ」

雫にそう言われた律さんは、複雑そうな顔をする。

「それはそれで……照れるっていうか……。夜中に大口を開けて寝てるところとか、見られたくはないかな……」

「それは確かに、恥ずかしいですね……」

僕も、寝相が悪いところを雫に目撃されたくない。

律さんは気を取り直して、手繰り寄せた木箱の蓋を開ける。その中には、透明なケースに入った標本が、所狭しと収められていた。

「おおー、これもぎっちり……」

隙間なく詰められたケースを見て、律さんは戦慄《おのの》く。

「この箱は、産地でまとめられてるのかな」

一番上にあったケースの産地ラベルを見て、律さんは唸った。

「これを、それぞれの分類の箱に入れるんですね？」

「うん。産地ごとに分けるのもいいんだけどさ。箱の数が多くなっちゃうからね。僕はそれで失敗したし……」

箱の中は、ざっと見た感じ、イタリアで採れた鉱物をまとめてあるようだ。赤茶けているけれど、透明度があって結晶の形も良いガーネットや、氷のように透き通った水晶まで、様々だ。

「あっ、これは……」

僕は小さなケースの中に、きらりと光るものを見つけて手に取る。

「自然金じゃないか」

律さんが目を輝かせた。

透明な母岩の上に、明るい金色に輝く石が載っていた。

いや、石といっても分からないほど小さくもあり、薄くもあって、少し厚い金箔《きんぱく》の破片を、母岩にそっと添えたようにも見えた。

透明な母岩は、裸電球の光を受けてキラキラと輝いている。綺麗《きれい》だなと思うと同時に、その輝きに見覚えがあった。

「この母岩、もしかして、水晶？」

「その通り」

律さんと雫が、同時に頷いた。

「イタリアのブルッソン地方で産出した自然金だね。ここで採れる金は、ブルッソンゴールドって呼ばれているんだ」

「ブルッソンゴールド……」

律さんの説明を聞きながら、僕は改めて自然金の結晶を見つめる。

突《つ》っ突いたら取れてしまいそうなほど危うげにくっついていたけれど、金というのは伊達《だて》ではなく、裸電球の光を浴びて誇らしげに輝いていた。品の良い輝きには、少し近寄り難さもあり、僕は丁寧に箱の外へ取り出した。

「これは、金の成分が石英脈に入り込むことで出来た結晶だね。石英一族的には、自然金といられるのは、ちょっと贅沢《ぜいたく》でいいね」

雫は、しげしげとブルッソンゴールドを見つめる。

「自然金を贅沢な装飾品と見ても、水晶を贅沢な台座と見ても、なかなか見応えがあっていいよねぇ」

律さんは、うっとりしながら眺めていた。

「律さん、持って帰ります？」

「えっ、いやいや！　流石《さすが》に、自然金を引き取るのは恐れ多いっていうか……」

律さんは慌てたように、首をぶんぶんと横に振った。

「そ、そうだ。産地違いの自然金を元素鉱物の箱に保管してたから、見比べてみたらどうかな」

「あっ、そうですね。金って、話にはよく出て来るけど、実物を見る機会って多くないし……」

金は、誰もが知っている元素だ。

だけど、実際に金を手にする機会は少ない。金箔がまぶされたお菓子には、たまにお目にかかることはあるけれど、金箔は観察するほど大きくもないし厚くもない。

日本は、黄金の国とも言われたくらいなのに。

僕は、元素鉱物が入った箱へと向かう。蓋を開けてみると、中には幾つかの自然金の標本が入っていた。

「アメリカのネバダ州の自然金……」

「おっ、これも有名な産地だね」と律さんは僕が手にした標本を覗《のぞ》き込む。

まず目に入った樹枝状《じゅしじょう》になった自然金は、繊細な細工のようだ。色味はブルッソンゴールドよりも、やや黄色味を帯びているように見える。

そして、その他には——。

「あっ、これは……！」

僕は、思わず声をあげてしまう。手にしたのは、国産の自然金だった。

「砂金だね！」と律さんが言った。

それは密閉された容器に入れられた、砂金だった。

砂とはよく言ったもので、自然金の一つ一つは小さな粒だったけれど、摘《つま》めない大きさではなかった。

容器は幾つかあって、どれもラベルが貼られている。祖父の字で地名が書かれていることから、どうやら、自力で採集したものらしい。

「北海道から鹿児島まで、色んな所で砂金採りをしたんだね。僕の知らない産地もあるなぁ」

律さんはラベルを眺めながら、感心したように言った。

「砂金採りって川に入って探すんでしたっけ」

僕の問いに、「そうそう」と律さんは頷いた。

「川砂を大きなお皿に入れて、パンニングして選別するんだよ。運がいいと、米粒大くらいの砂金が取れるし」

律さんは、ドジョウすくいのような動きを見せてくれた。どうやら、それがパンニングの動作らしい。

「へぇ……」

僕は思わず、目を輝かせる。それを見た律さんは、にやりと笑った。

「折角だし、行ってみる？」

「えっ、いいんですか？」

「ちょうど、楠田《くすだ》さんと砂金採りに行きたいねっていう話をしてたんだ。ここから、そんなに遠くないところだしさ。詳細が決まったら連絡するよ」

なんでも、多摩川《たまがわ》源流の方にも、砂金が見つかる場所があるらしい。二人とも行ったことがある場所のようで、確実な道案内が出来るとのことだった。

「有り難うございます。両親に聞いてみますね！」

「うん。何なら、ご両親が一緒でもいいけど、石に興味がないと飽きちゃいそうだからなぁ」

周りに何もないし、と律さんは苦笑した。

「多摩川の源流となると、流石に、僕が足を延ばせる範囲ではないかな。僕はお土産話を期待しているよ」

雫はにっこりと微笑む。

「うん。楽しんで貰えるようなお土産話、持って帰るから」

「勿論、大きい砂金もね」

律さんは、ぐっと親指を立ててみせる。

「大きい砂金なんて、初心者の僕に見つかりますかね……」

「ビギナーズラックでいけるかもしれないよ。割と運任せのところもあるし。あとは、どれだけ粘れるか、って感じかな。樹君は若いし、僕達よりも長い時間頑張れるかも」

「そういうものですかね……」

「年を取ると、中腰でパンニングするのがキツくて」

律さんは、老人のように腰を曲げながら、わざとらしく腰をさすった。

律さんもまだまだ若いのに、と思ったけれど、姿勢を低くしてやらなければいけないのなら、律さんよりも背が低い僕の方が、確かに負担は少ないかもしれない。

「砂金採りも、ハマる人は本当にハマるからさ」

「そうなんですか？」

「僕の石仲間に、アタッシェケースの中に採集した砂金をずらりと並べてる人がいたんだよ」

それこそ、札束を詰めるかのように、砂金を入れた容器を隙間なく詰めていたのだという。

「それは、圧巻ですね……」

「それぞれ、違う産地なのかい？」

雫の問いに、律さんは「そうそう」と頷いた。

「それだけ集めたのならば、収集家のコレクション以上の価値がありそうだね。産地ごとに特徴も異なりそうだし」

「それを一から解説されたことがある。最初は面白いなと思って聞いてたんだけど、徐々にディープな世界に入っちゃって……」

気付いたら、砂金採りという宇宙の中に放り込まれ、前後左右どころか自分の今いる場所が分からなくなっていたのだと、律さんは呻いた。

「よっぽど、濃いお話だったんですね……」

「沼の深淵にいる人の話は面白いけど、帰って来れなくなる場合もあるよね……」

律さんは、神妙な面持ちになった。

「まあ、砂金採りのセッティングについては任せてよ。パンニング皿も、僕のやつでよければ貸すからさ。っていうか、邪魔にならないならあげる」

「あ、有り難うございます！」

律さん曰《いわ》く、最初に買ったパンニング皿は、自分には少し小さくて、買い直したのだという。律さんにとって小さいのならば、僕には丁度いいかもしれない。

「それにしても、中学生で砂金デビューか。樹君は、順調に鉱物愛好家の道を歩んでいるね」

「ははは……、お陰様で」

これも、律さんや雫が丁寧に教えてくれるからだ。祖父の遺品だけでは、ここまで鉱物の世界に浸れなかっただろう。

祖父が採集したと思《おぼ》しき砂金は、裸電球の光で控えめに輝く。ブルッソンゴールドほど煌《きら》びやかではなかったけれど、渋く骨太な輝きを放っていた。

「小さなやつでも、採れたら嬉しいですね」

「そこは、大きなやつを採るって意気込まなきゃ」

律さんは、僕の肩をぽーんと叩《たた》く。その拍子に、砂金を落としそうになって、慌てて持ち直した。

「まあ、それは確かにそうなんですけど……。コレクションが増えるだけでも、嬉しいんですよね。思い出が形になって、そばにいてくれているみたいで」

僕が笑ってみせると、律さんも、「そうだね」と頷いてくれた。

「樹君にとっての採集品は、鉱物コレクションであると同時に、思い出コレクションか。それは集め甲斐《がい》があるし、ロマンも感じるよね」

「もしかしたら、お祖父《じい》ちゃんもそうだったんじゃないかと思って」

僕は、雫の方を見やる。僕達の話に耳を傾けていた雫は、静かに「ああ」と肯定した。

「達喜は、鉱物を見る度に物思いに耽《ふけ》っていたからね。きっと、そうだと思う」

「そっか……」

「樹にも、そういうコレクションが増えるといいね。樹がコレクションにまつわる思い出を教えてくれれば、僕もその鉱物を見る度に、樹の思い出に浸れるし。僕は自由に歩き回れないけれど、思い出を共有することは出来るから」

「……うん」

同じ時間と空間を共有出来なくても、思い出の品を通じてかけがえのない時を味わうことが出来る。それは、祖父の遺《のこ》した鉱物コレクションや、手記が教えてくれた。

祖父が遺してくれたものや、律さんと雫が色々教えてくれたおかげで、時間と空間を超えて祖父と思い出を共有出来る。

「あ、そうか」

僕は、ハッとして顔を上げた。

「どうしたんだい？」

雫と律さんは、不思議そうに首を傾げる。

「鉱物を見た時の、綺麗とか凄いとか、そういう感動も、前の持ち主や、その前の持ち主と感覚を共有していることになるのかなって。もしくは、次の持ち主や、その次の持ち主とも……」

「抱く感想は人によって違うかもしれないけど、同じ鉱物を見たという事実は共有出来るね」

雫は同意し、土蔵をぐるりと見渡す。

「人から託されたコレクションは、前の持ち主がどんな風にそのコレクションを見ていたのか、次に託すことになるであろう持ち主が、どんな感想を抱くのか、想像してみると面白いかもしれない。そうやって、過去や未来と縁が繋《つな》がるのは、面白いね」

「過去や、未来と……」

鉱物の寿命は、人間よりも遥《はる》かに長いことが多い。収集家が亡くなったことで、他の人間に託されるというのは、稀《まれ》なことではなかった。

だからこそ、鉱物を通じて様々な人々と縁を繋げるのかもしれない。

石精だけでなく、鉱物と縁を繋いだ人達とも繋がっていけると思うと、鉱物の向こうに、無限の道が続いているような気がしたのであった。


砂金採集の詳細についての連絡は、思いのほか早く来た。

律さん曰く、楠田さんも僕が同行することを歓迎してくれたらしい。ついでにと、砂金収集家の砂金コレクションの画像も送ってくれた。

「うわっ。これはもう、博物館に寄贈するレベルでは……」

自室のベッドの上で、僕は携帯端末を片手に声をあげる。

開いたアタッシェケースの中に、所狭しと並べられた砂金は、漫画で見かけるような金塊を敷き詰めたものよりも、ずっと輝いて見えた。

ラベルには産地だけでなく、採集した日付も書かれているので、几帳面な性格であると同時に、この人にとっては大事な思い出の一つなのかもしれないなと思った。

「これだけ採るのに、どれくらい時間がかかったんだろう……」

律さんは、採集した人の簡単なプロフィールも添えてくれた。どうやら、僕の父親くらいの年齢のおじさんらしく、休日はよく、自分の車を走らせて方々の産地に行くのだという。今回、僕が連れて行って貰うスポットも、そのおじさんから教えて貰ったらしい。

「休日は趣味の時間に使ってるのか……。楽しそうだなぁ」

僕の父は、あまりドライブに行かない。それどころか、時々、家に仕事を持って帰って、書斎にこもって仕事をしていることもあった。そんな姿を見て、一緒に出掛けられたらいいのに、と思うことがある。

「休日に車を走らせて、砂金採りに出掛けられるような大人《おとな》になるっていうのも、目標に加えておこう……」

その頃になったら、父もそこまで忙しくなくなるだろうか。

僕が車を運転して、父を鉱物の産地に案内するというのも面白そうだなと思いつつ、僕は律さんに返信したのであった。

砂金採集当日は、快晴だった。

律さんが一緒なら、と父は僕に交通費を持たせて送り出してくれた。母が弁当を作ってくれたので、中身が偏らないようにとリュックサックの底の方へ押し込んだ。

世田谷《せたがや》駅では、律さんが待っていてくれて、途中で楠田さんとも合流した。

電車に揺られながら、僕達は産地へ向かう。朝早いため、乗客は少なく、三人で座ることが出来た。

電車を乗り継いでいくと、車窓の風景は東京都心近くの密集した住宅街から、民家がまばらな田園風景へと変わっていき、景色に緑が溢《あふ》れるようになっていた。

「やっぱり電車はいいよね。車窓から見える風景、好きなんだ」

楠田さんは、点在する住宅を眺めながら、しみじみと言った。

「僕も好きです。車も悪くないんですけど、高速道路に入っちゃうとあんまり外が見えなくて」

「それ」

楠田さんは、深く頷く。

「トンネルの中に入っちゃったり、高い壁があったりするもんね。まあ、それがないと付近の住民にご迷惑をお掛けしちゃうんだけど」

「最初は、車で行くのかなと思ってたんですけど、そういう理由で電車に？」

「いやいや、まさか」

楠田さんと律さんは苦笑した。

「車だと、渋滞があるしね。到着時間が読めないんだ。足場が悪いところだし、早めに着いて早めに撤収したいっていうのもあってさ」

「時間が押して来ると、撤収も遅くなって、薄暗い山道を歩かなきゃいけなくなっちゃうっていう……」

「そうそう。折角だから、採集時間はたっぷり取りたいし」

律さんは肩を竦《すく》めた。

例の砂金採集おじさんも、採集に出掛ける時は早朝から車を走らせるのだという。しかし、うかうかすると帰りは渋滞に巻き込まれ、帰宅するのが遅くなってしまうことがあるとのことだった。

「公共交通機関だと、渋滞がなくて時間も正確ですしね」

「ただし、最寄りの駅やバス停まで行ったら、その後はタクシーか徒歩になっちゃうけどね。あっ、タクシー代は僕と楠田さんで払うから、安心して」

律さんがそう言うと、楠田さんは「任せて」と笑顔でマッスルポーズをしてみせた。

「えっ、そんな……！　僕も、父から交通費を貰ってますし……」

「タクシーは大人の乗り物だから、大人が払うよ」

「そ、その理論はよく分からないけど……有り難うございます」

きっぱりと言い切る律さんの言葉に、僕は甘えることしか出来なかった。二人の優しさは嬉しかったけれど、早く子ども扱いされないくらいの大人になりたいなとも思った。

車窓の風景は、緑に覆われた山の斜面が多く見られるようになった。斜面に建てられた家々を見て、山に囲まれた場所を走っているのだと実感する。

開けられた車窓から入り込む風が、ふんわりと緑の匂いを運んで来た。

僕は自然と心が高鳴るのを感じながら、そろそろ目的地の最寄り駅に到着するという車内アナウンスに耳を傾けていたのであった。


最寄りの駅に着いた僕達は、行けるところまでタクシーで行き、後は、徒歩で産地へと向かった。

多摩川の源流というだけあって、なかなかの山道が僕達の前に立ちはだかる。途中で苔《こけ》むした岩場もあり、律さんと楠田さんの手を借りながら、慎重に進んだ。

道は険しかったけれど、自然の空気は心地よかった。

水が流れる音と、木々の葉が風にそよぐ音と、時折耳元をかすめる虫の羽音を聞いていると、自分も自然の一部になったような気がした。

「着いた……！」

詳細な地形が記された地図を見ていた律さんは、安心したように声をあげる。

僕達の目の前には、ゴロゴロと転がる大きな岩と、その間を縫うように流れる川があった。

岩の一つ一つは、成人男性である律さんがしゃがんだらすっかり見えなくなりそうなくらいの大きさで、その間を流れる川は、僕でもジャンプすれば飛び越えられるほどに狭い。そして、源流なので、水がとても澄んでいた。

「ここに砂金が？」

「そう。近くに金鉱脈があると、浸食作用で削られた砂金が流れて来るんだ。ここが、ちょうど、そういうスポットっていうわけ」

律さんはウインクをしながら、背負っていたリュックサックを岩場に置く。

その大きなリュックサックから、顔がすっぽりと隠れてしまいそうなほどのお皿を取り出した。

「はい、これ」

「あっ、有り難うございます！」

僕は律さんからお皿を受け取る。

そのお皿はパンニング皿といって、砂金とそうでないものを分けるパンニングという作業に使うのだという。楠田さんも、リュックサックを下ろして、自分のパンニング皿を取り出していた。

「金っていうのは、重いんだ」

律さんも自分のパンニング皿を片手に、僕に説明をしてくれる。

「鉱物によって、比重に違いがあるのは知ってるよね」

「はい。同じ大きさの鉱物でも、比重が違えば重さが違うんですよね」

「お見事、その通り！」

律さんは拍手をしてくれた。「そんな、大袈裟《おおげさ》な……」と僕は照れくささのあまり、小声になってしまう。

比重とは、物質の質量とそれと同体積の水との質量の比を指す。

雫と同じ石英は比重2・65だけど、硫化鉛《りゅうかえん》である方鉛鉱《ほうえんこう》は比重7・57と重い。同じ体積の水よりも石英の方が重く、同じ体積の石英よりも方鉛鉱の方が遥かに重いということになる。

「比重の話になると、方鉛鉱を思い出しますね。あれって、見た目よりもかなり重いですし」

分かる、と律さんも楠田さんも頷いてくれた。

「水の七倍以上だしね。それほど大きくない拳程度のサイズだからといって、ショルダーバッグに入れて持って帰った人が、腰を痛めたっていう話を聞いたことがある」

「ああ……。ショルダーバッグは重心が偏りますからね……」

腰が弱い人は、重いものを偏った持ち方で持たないようにという教訓か。

「方鉛鉱も重いけど、金はもっと重いんだ」

「比重が10を超えるとか……」

僕の予想を聞いた律さんは、にやりと笑う。

「金はね、19・3なんだ」

「重っ……！」

まさかの、方鉛鉱の二倍以上である。

「それじゃあ、拳サイズの自然金を持ち帰ったら、腰の骨が折れてしまうのでは……」

「それ以前に、拳サイズの自然金なんて、ショルダーバッグに入れて持ち帰っちゃ駄目だからね。悪い人に、肩ごと持って行かれちゃうよ……」

そうだった。硫化鉛である方鉛鉱とは違って、金は貴重品だ。

「拳サイズの自然金って、どれくらいの値段になるんだろうね。私は見たこともないし、想像もつかないなぁ」

楠田さんは頭を振る。

「指先サイズでも、我らのような下々の民は引き下がるしかない値段になるしね。値段を見ただけで卒倒するくらいじゃないかな」と律さんは遠い目をした。

「まあ、拳サイズのやばい自然金はともかく」

律さんは、話題を戻す。

「金はそれだけ重いから、パンニング皿で選別出来るんだよ。金が交じっていそうなところを掬《すく》ってパンニング皿にのせて、川の水で土を洗い流しながら、他の石と分けるわけ」

実際にやってみた方が早いかも、と律さんは川底をさらってみせた。

パンニング皿の上には、石や砂利、土が交ざり合っている。一見しただけだと、砂金があるのかないのか分からない。

律さんはそれを、川の流れに洗うように浸ける。じゃぶじゃぶとパンニング皿の上を洗っているうちに、土が流れて、ゴロゴロした石ばかりになっていった。

「よしよし。土がある程度流れたら、明らかに違う石を除《の》けちゃうんだ」

律さんは、大きめの石をぽいぽいと川の中に除けてしまう。摑めそうな石がある程度除けられると、皿の上に残ったのは砂粒ほどの小石ばかりとなった。

「あっ、何かあるよ！」

楠田さんが、キラキラしたものを目敏《めざと》く見つける。「どれどれ」と律さんは、楠田さんに誘導されながらキラキラしたものを指先で掬った。

「これは……」

木漏れ日を浴びて白く光る小さな塊を、律さんはじっと見つめる。僕と楠田さんは、緊張のあまり、息を呑んだ。

「雲母《うんも》だ！」

「雲母かぁー……」

きっぱりと言い放つ律さんに、楠田さんは脱力する。

「そういえば、雲母もキラキラするんでしたよね……」と僕は思い出す。

「そうそう。雲母と書いて、『きらら』と呼ぶくらいだからね」

律さんは、雲母をそっと川に還《かえ》した。

「今みたいに、雲母と砂金を見間違えることもあるから気を付けて。まあ、雲母を集めるのも面白いかもしれないけど」

「でも、砂金は砂金、雲母は雲母として集めたいので、気を付けます……」

雲母なのに砂金と書かれたラベルを添えられたら、僕にとっても雲母にとってもよろしくない。

「確かに。取り敢《あ》えず、砂金採りは地道な作業が肝かな」

律さんは、中腰になりながら作業を続ける。皿の上の小石は、水がさらって行ってどんどん少なくなり、やがて、数えられるほどになった。

「おっ、これは砂金かも」

律さんは、砂粒の一つを指す。

あまりにも小さくて、顔を近づけたり目を凝らしたりしないと分からないほどだ。よく見れば、確かに光っているようにも見える。

「このサイズだと、肉眼で確認するのは難しいけどね。でも、ほら」

律さんは、砂粒が浸るくらい、皿に水を入れる。しかし、他の砂粒が水にさらわれる中、その砂粒だけは微動だにしなかった。

「あっ、そうか。比重が……！」

「そういうこと。他の石よりも比重が大きいから、こうやって残り続けるわけ」

律さんは、その砂粒を慎重に指先で掬い上げ、水が入った筒状のケースに入れた。中がよく見えない半透明のケースだったけれど、蓋がしっかりしていて、水が漏れないように密閉することが出来た。

「そのケース、いいですね」

「砂金を一時的に保管するにはね。沢山持って来たから、あげるよ」

律さんはリュックサックを探ると、取り出したケースを僕にくれた。プラスチックで出来ているらしく、とても軽い。

「えっ、いいんですか」

「いいよ。高いものでもないし。っていうか、もしかして、樹君はこのケースが何なのか知らない……？」

「は、はい……」

　恐る恐る首を傾げる律さんに、僕もまた、恐る恐る頷く。楠田さんは、「だよね……」と苦笑した。

「もう、あんまり見なくなっちゃったけど、カメラのフィルムを入れるフィルムケースなの。ご両親なら知ってるんじゃないかな」

「父の部屋で、見たことがあったような無いような……」

「いいんだよ、樹君。今はカメラと言ったらデジタルだしね……！」

　律さんは、涙を拭う仕草をする。

「あると便利だから、親御さんが不用になったのを持っていたら譲って貰うといいよ。デジタルカメラが主流になる前は、そこら中に溢れてたんだけど、今は探さないと見つけられないしね」

　楠田さんのアドバイスに、僕は頷いた。

「父と母に聞いてみます。使い易《やす》そうだし、レトロでちょっと可愛《かわい》いですしね」

「一周回ってレトロ可愛いになってるぅ……！」

　僕は律さんの嘆きを聞きながら、可愛いもの好きの山下さん達が好きそうだな、と思った。

「まあ、フィルムケースはさておき。今の要領で砂金を採ってみようか」

気を取り直した律さんに、「はい！」と僕は返事をする。

「よし、いい返事だ。分からないことがあったり、欲しいものがあったりしたら遠慮なく僕達に言って。あと、足元は滑り易いから気を付けて」

「そうですね。石に気を取られて、足元がおろそかにならないようにしないと。長靴は持って来たんですけど、あんまり深いところだと水が入っちゃうし」

「靴下が濡《ぬ》れると後々しんどいしね」

律さんと楠田さんは、しみじみした顔で頷いた。二人とも、経験済みなんだなと苦笑しつつ、僕は慎重を心掛けることにした。

こうして、僕達はあまり離れないようにしつつ、それぞれのペースで砂金を採ることにした。

僕は、事前に律さんから必要だと言われていたゴム付き軍手を、しっかりと両手に嵌《は》める。母が庭作業をする時に使っている軍手だけど、まだ中学生の僕の手にはぴったりだった。

いずれ、この軍手も小さく感じる時が来るのだろうか。父の軍手でないと入らないようになるのだろうか。

身長は少しずつ大きくなっているようだけど、まだまだクラスでは背が低い方だ。

「樹君」

楠田さんに呼ばれて、ハッとした。

「な、何でしょうか」

「律君がスコップを持って来てくれたから、必要だったら使って」

楠田さんは、岩の上に置かれたスコップを顎で指す。

「スコップで掬うくらいの量だと、パンニング皿から溢れちゃいそうですけど……！」

「ううん。石をどかせる時に使うのよ。大きな石の下にも水は流れてるし、そういうところに砂金が溜《た》まっていることもあるから」

「あっ、成程」

僕は、ゴロゴロと川を囲む大きな岩を見やる。確かに、岩の下にも水が流れているようだった。

「あの岩も、もっと上流の方から来たんでしょうかね……」

「そうだね。このくらいの大きさだと、川に流されてというよりは、上の方から転がって来たのかもね」

上り勾配の斜面の先を、楠田さんは見やる。土砂崩れでもあって、山が崩れた残骸かもしれないと言った。

「身体《からだ》が大き過ぎるから、ここに居ついちゃったのかもね」

楠田さんは、冗談っぽく微笑んだ。

「砂金も、重過ぎるから一緒に居ついたんですよね、きっと」

「そうそう。翡翠《ひすい》くらいの比重なら、海に出られるんだけど」

「海では、自然金は採れないんですか？」

僕の素朴な疑問に、楠田さんは「うーん」と首を傾げる。

「その海の近くに金鉱脈があれば、採れるかもね。でも、あんまり聞いたことないかな」

「金は、遠くまで旅が出来ない……」

「そういうこと。人間も、腰が重いと遠出が出来ないし」

確かに、と僕は頷いた。

「樹君はフットワークが良さそう」

「そうですか？」

「そうだよ。糸魚川にも一緒に来てくれたし、今日だって、こんな山の奥まで来てくれたし」

「それは、僕が行きたかったから……」

楠田さんの真《ま》っ直《す》ぐな瞳に見つめられると、ちょっと照れくさい。思わず、足元を流れる川に視線をやった。

「そこがいいんだって。行きたいと思ったら行く。それが一番。産地だって、いつまで残ってるか分からないし」

「あっ……」

鉱物は、遥か昔に地球で作られたものだ。それには、限りがある。

糸魚川の翡翠も、昔は海岸で沢山採れたという。だけど、今は滅多に採れなくなってしまった。

他にも、鉱物の産地が分かるや否や、重機を使って鉱物を根こそぎ持って行くという悪質な人間もいるらしい。そういう人間に辟易《へきえき》して、その土地の持ち主が、産地に入ることを禁じることもある。

「都市開発で産地がなくなることもあるしね。人間が住むためとはいえ、貴重な鉱物が出るところがなくなっちゃうのは辛《つら》いよね」

「人間が住むために、産地が無くなる……」

「まあ、地球の宝物を眠らせておくっていう意味では、いっそのこと、いいのかもしれないけど。でも、私は一目でいいから、宝物を拝ませて欲しいなぁ」

楠田さんは、困ったように微笑む。

地球が生み出した奇跡の欠片《かけら》を目にして、綺麗とか凄いとか、そういう感動を味わいたい。その気持ちは、痛いほど分かった。

「思い立ったが吉日ってやつですね」

「そうそう、それ！　鉱物コレクターにフットワークのよさは必須だよ」

楠田さんは、ぐっと拳を握る。

その背後では、「あった！」と律さんが声をあげていた。

「また雲母？」と楠田さんは返す。

「いいや。今度こそ金だってば！　これは厚みもあるし……」

律さんは、パンニング皿の中をルーペで見つめる。僕達が見守る中、律さんは空を仰いだ。

「黄鉄鉱だった！」

「残念！　愚者の金！」

楠田さんは、「ドンマイ」と律さんを慰める。

「まさか、この期に及んで黄鉄鉱に騙《だま》されるなんて……」

「黄鉄鉱は騙してないよ。律君が勝手に勘違いしただけ」

「ううっ、僕はなんて愚者なんだ……！」

黄鉄鉱は金と似た色と輝きをしているので、混同してしまう人が多い。そんな人達を揶揄《やゆ》するように、黄鉄鉱は『愚者の金』と呼ばれている。律さんは、まんまと愚者認定されてしまった。

「ま、まあ、黄鉄鉱もカッコいいですし……」

「でも、硫化鉄なんだよなぁ。金じゃないんだよ……。今日探してるのは、自然金なんだよ……」

律さんは肩を落としながら、黄鉄鉱の粒を川に戻す。

一方、楠田さんも当たりを付けて砂金探しを始める。慣れた様子でパンニング皿を振るう楠田さんの姿は、とても逞《たくま》しく見えた。

「あっ」

楠田さんは声をあげる。

それを聞いた律さんは、じゃぶじゃぶと水飛沫《みずしぶき》をあげながら大股でやって来た。

「金出た⁉」

「それっぽいのは出た。これ、大きくない？」

楠田さんは、小指の爪の先ほどの金色の塊を僕達に見せてくれた。確かに、立派な金の粒に見える。

「凄い。大きいですね……！」

「いや、待てよ……」

興奮する僕の横で、律さんは冷静だった。ルーペを張り付けた顔を近づけ、しげしげと金の粒を見つめる。

「黄鉄鉱じゃなさそうだけど」

「でしょ？　黄鉄鉱だと、もっと真鍮色だし」

「でも、ちょっと緑がかってない？」

律さんの指摘に、「えっ」と楠田さんは声をあげる。僕も目を凝らして見てみたけど、確かに、金色の光の中に緑や紫っぽい輝きが窺《うかが》えるような気がした。

「この感じ、どっかで見たことがあるような……」

「もしかして、黄銅鉱……？」

息を呑む楠田さんに、「ビンゴ！」と律さんが声をあげた。

楠田さんが恐る恐る、水に浸したパンニング皿を揺らすと、黄銅鉱と思しき金の粒はあっけなく水に流されてしまった。

「軽っ……！　自然金はこんな風に流されないもんね……」

楠田さんは、がっくりと項垂《うなだ》れた。

「あるある。黄鉄鉱より黄銅鉱の方が自然金っぽいし、仕方ない」

律さんはゴム付き軍手をした手で、楠田さんの肩をポンと叩く。軍手が濡れていたせいで、べしゃっという悲しい音がした。

「いや、もうこれは、絶対に砂金を採るしかないでしょ……！　硫化鉱物に負けてられない……！」

楠田さんは、くわっと顔を上げる。

硫化鉱物達が勝負を仕掛けてきたわけじゃないとツッコミを入れたかったけれど、楠田さんの目は燃えていて、それどころではなかった。

「まあ、フィルムケースに幾つか入れるくらいは欲しいよね。折角、ここまで来たんだしさ」

律さんは、岩場の方に向かって川の中をざぶざぶと進む。岩の下から砂金を探すつもりらしい。

「だよね。私も砂金コレクションを作ってみたいし」

楠田さんもまた、水の流れの勢いが弱い場所を探し始めた。水の流れが緩やかならば、砂金が滞留している可能性も高いと踏んだのかもしれない。

「砂金コレクション……か」

律さんが見せてくれた、砂金コレクターのコレクションを思い出す。そこまで立派なコレクションでなくてもいいけれど、自分が採集したものに自分のラベルを貼りたいと思ったし、そういう石を増やしたいとも思った。

自分で採集した石は、それだけで縁が繋がっていると言えるのかもしれない。そんな石達と一緒ならば、毎日が楽しそうだなとも思った。

「そっか。そんな石を並べたら、土蔵もにぎやかになるかもしれない……」

雫と同じ祖父の鉱物達は、かなり旅立ってしまった。そんながらんとした土蔵で、雫が寂しくないわけがない。

だけど、祖父の思い出が少なくなったあの場所に、僕の思い出を詰め込めば、雫は寂しくなくなるかもしれない。

不意に、お守りのように腰に付けていたラベンダー色の翡翠の根付《ねつけ》が、輝いたような気がした。

陽《ひ》の光を反射したのかなと思った次の瞬間、辺りの様子が、一変する。

「あっ……えっ……？」

あちらこちらの川底が、ほのかに、金色に輝き始めた。煌《きら》びやかな光は、川底に敷き詰められるように落ちている石の下から漏れている。

「もしかして……」

僕は、急いで律さんのスコップを手にすると、一番近くで輝く光を目掛けて、そっとスコップの先を差し込む。

川底に堆積していた土とともに、大粒の石がゴロゴロと掘り返された。その隙間から、光が健気《けなげ》に輝いていた。

僕は、大きめの石を取り除き、土の中から光を丁寧に掬い出す。すると、土と砂利の中から、小さな芽が顔を出した。

「わぁ……」

僕は思わず、感嘆の声を漏らす。その芽は小さくも精巧に作られた樹枝のようで、黄金に輝いている。

とても小さいのに、ずっしりとしていた。その重さに、威厳すら感じた。

これは、自然金だ。

多くの人々を魅了して来た、美しい元素鉱物だ。

僕は、光り輝く芽に向かって手を伸ばす。その時だった。

「樹君？」

いつの間にか、律さんと楠田さんが不思議そうにこちらを見つめていた。僕が我に返ると同時に、辺りの川底を照らしていた光は消えていた。

「これ……！」

僕は、手の中にあるものを二人に見せたが、それは、土と砂利の塊だった。

「おっ、もしかして、良さそうなところを見つけたのかな」

「パンニングしてみようよ、ほら」

律さんと楠田さんが、僕を促す。

僕は狐《きつね》に摘まれたような気分で、手にしていた土と砂利をパンニング皿の上にのせて、

水に浸し、ゆるく掻《か》き回してやる。

土が水に流され、比重が軽い石達が川の中へと還って行き、そして、残ったのは——。

「ああっ!」

「おおー……」

「ひえっ!」

僕は目を丸くして、楠田さんは感心したような声をあげ、律さんは戦慄くように後ずさりをした。

パンニング皿から出て来たのは、小指の先ほどの自然金の粒だった。それはごろっとして重々しく、どんなに皿を揺さぶっても水に流されることはなかった。

自然金の粒は、皿の上で得意顔をしているような気がした。


その後、律さんと楠田さんと一緒に、金色に光っていた場所を探してみると、少し大きめの砂金が幾つか採れた。

三人とも、フィルムケースの中にはそれなりに砂金が溜まったので、予定通りの時間に帰路につき、無事に帰りの電車に乗ることが出来た。

「いやー。結構見つかったね。一目で自然金だと分かるくらいの大きさのも、そこそこ採れたし。特に樹君のは大きかった!」

律さんは、僕の背中をばしばしと叩く。褒めてくれているのだろう。

「ははは……。あれは、教えて貰ったからですよ」

「教えて貰ったって、誰に？」

首を傾げる楠田さんを前に、僕は、腰にぶら下げた翡翠の根付に視線をやった。

「あっ。それって、糸魚川で見つけたラベンダー翡翠！」

「もしかして、翡翠の石精が？」

律さんも、翡翠と僕の顔を交互に見やる。

「多分、そうかと」

「いいなぁ。僕も、石精に鉱物の場所を教えて貰いたいよ。まあ、今回は、砂金の場所を教えて貰った樹君がそばにいたから、便乗出来たけど」

律さんは羨望の眼差しを寄こす。

「でも、石精が導いてくれたのには、理由があるのかもしれないね」

楠田さんの言葉に、「えっ？」と僕は首を傾げた。

「樹君の気持ちに、石精が応えてくれたかもしれないって思って。ほら、鉱物との縁が繋がっていると会えるらしいし、翡翠には翡翠の意図があって、樹君を砂金に導いたのかも」

「僕の……気持ちに……」

記憶の糸を手繰り寄せる。確か、あの時、僕が思っていたのは――。

「そうだ。土蔵が寂しくなっちゃったから、僕のコレクションを置きたいなって思ったんです。そうすることで、また、あの場所は思い出に溢れて、雫も寂しくないかなって」

「そっか……」

それを聞いていた楠田さんと律さんは、包み込むような眼差しで僕を見つめた。

「翡翠の石精も、そんな樹君を応援したかったのかもしれないね」

「あの土蔵を樹君の思い出で満たす、かぁ。雫君は喜びそうだなぁ」

「そ、そうですかね。そうだと……いいな」

どうなんだろうと翡翠の根付を見やるも、僕の問いかけには答えてくれなかった。

「それなら、帰ったら早速、ラベルを作らないとね！　産地はメモした？」

ずいっと詰め寄る律さんに、「も、勿論」と頷く。

「よろしい！　これで、樹君も砂金コレクターか」

「そ、そう名乗れるのはまだまだ先ですかね……！」

アタッシェケースいっぱいに砂金を詰められるほどの玄人になるには、とても道が遠そうだ。

「でも、砂金採りはまた行きたいです。パンニング皿も頂いたことですし」

僕のリュックサックは、行きの時よりも膨らんでいた。中には、律さんのお下がりのパンニング皿が入っている。

「そりゃもう、今回のような砂金採りだったら声を掛けるよ！　もう少し遠かったり、もう少し道が険しいところは、高校生になってからかな」

「そうですね。有り難うございます！」

高校生になっても、また律さん達と一緒に採集に行ける。そのことが、僕にとって嬉しかった。

「蛍石《ほたるいし》を採集するツアーもあるし、中学生のうちは観光化されているところを巡ろうか。その方が、親御さんは安心するだろうし」と、楠田さんは言う。

「蛍石を採集するツアーなんて、あるんですか！」

僕は目を輝かせた。

「あるある。ちょっと遠くて、岐阜の方だけどね。ツアーガイドの説明を聞くだけでも勉強になると思うし、行く？」

「行きたいです！」

「じゃあ、ちょっと計画してみようかな。流石に、泊まりだとご両親も心配するだろうから、日帰りコースも組んでみるね。樹君は、それとなく両親に話して許可を取り易くしておいて」

「が、頑張ります……！」

僕は、楠田さんに頷いた。その横で、「行きたいです！」と律さんも手を挙げる。

「はいはい。律君は課長さんにそれとなく話して、有休を取り易くしておいて」

「やったー！」

「電車の中ではしゃがないの」

無邪気に喜ぶ律さんと、ちょっと呆《あき》れたような楠田さんの対比がシュールで、僕は思わずくすりと笑ってしまった。

「律君に笑われてるじゃない」

楠田さんは苦笑する。僕は、慌てて「ち、違うんです！」と首を横に振った。

「律さんがあまりにも無邪気で、いいなぁって」

「子ども扱いされてる⁉」

律さんは、目を真ん丸にしてショックを受けていた。その一方で、楠田さんはうんうんと頷く。

「分かる。律君は永遠の少年感があるよね。少年よりも少年らしいと思う」

「少年よりも少年らしい……。それって、若々しいってこと……？」

「ポジティブですね⁉」

希望を見出してしまったような表情の律さんに、僕は思わずツッコミを入れてしまった。

「そもそも、律さんは充分お若いですし……」

「いや、樹君に若いって言われても、皮肉にしか聞こえないよ……！　樹君なんて、ぴちぴちの中学生じゃないか……！」

「ぴちぴち言わない」

今度は、楠田さんの鋭いツッコミが入った。

「不思議なオノマトペですね」

「表現が古過ぎて、意味が通じてない⁉」

僕の感想に、律さんはショックを受ける。くるくると変わって忙しい律さんの表情を、楠田さんは可笑《おか》しそうに眺めていた。

僕も思わず、笑みを零《こぼ》してしまう。律さんもまた、つられるように笑った。

この出来事も、思い出の一ページとして、採取した砂金を見る度に思い出すのだろうか。

電車の車窓からは、密集する住宅街が見えるようになって来た。電車は聞き慣れた名前の駅で停車し、僕の住む世田谷がどんどん近づいて来る。

帰るまでが鉱物採集らしい。つまりそれは、家に着いたら終わってしまうということだ。

名残惜しいし、この時間が一秒でも長く続かないかと思いながら、僕は鉱物仲間と一緒にいる心地よさに身を委ねていた。


帰宅して夕食をとると、すぐに土蔵へ向かおうとした。

「こんな時間に遺品の整理か？」と父が問う。

「僕のコレクション、あの土蔵に置こうと思って」と僕は返した。

「今日の砂金を？　部屋に置かずに土蔵に？」

父は不思議そうに首を傾げる。

「うん。あの土蔵、お祖父ちゃんのコレクションが少なくなって、寂しくなっちゃったからさ。今度は、僕のコレクションを置きたくて……」

駄目かな、と父の様子を窺う。

父は「うーん」と逡巡《しゅんじゅん》してから、こう言った。

「まあ、いいんじゃないか。確かに、土蔵がちょっと寒々しくなったなと思ってたところだし」

「やった。有り難う！」

「ただし」

父は念を押すように続ける。

「ちゃんと整理整頓はするように。じゃないと、土蔵に住んでいるおばけに怒られるからな」

「そりゃあ、勿論。綺麗に使うから」

僕は頷くものの、聞き逃せない言葉を聞いた気がした。

「おばけ？」

「そう。お前が怖がるといけないと思って言わなかったけど、あの土蔵にはおばけがいるんだ。悪さはしないけどな」

そんなの初耳だし、遭遇したこともない。ごくりと固唾を呑んで、父の話に耳を傾けた。

「父さん――お前のお祖父ちゃんの遺品を整理しに行く度に、視界の隅にチラチラと過《よぎ》る白っぽい影が映るんだ。おおよその背格好からして、お前くらいの男の子のようなんだけどな。ちゃんと見えたわけでもないし、会話をしたこともない。ただ、あの土蔵にいると、見守られているような感じはするんだ」

「それって……」

雫のことだ。

どうやら、今まで何度か気配を感じたものの、あまり干渉をしない方がいいと思って、気付かないふりをしていたのだという。

「最初は、お祖父ちゃんの幽霊かと思ったんだけどな。どうも雰囲気が違うし、もしかしたら、蔵に住み着く妖怪の類かもしれないな……」

『倉ぼっこ』という妖怪がいるらしい、と父は説明する。遠野《とおの》で語り継がれている妖怪とのことで、座敷童《ざしきわらし》の亜種とのことだった。

「何で、父さんはそんなに妖怪に詳しいの……」

「実は、子どもの頃にハマったことがあったんだ。妖怪のフィギュアも集めててね。まあ、もう残ってないけど……」

父は残念そうに肩を落とす。大学受験の時に、勉強に専念する必要があるからと決意して、全部売り払ってしまったらしい。

「父さんも、収集癖があったんだ……」

「言われてみれば、そうかもしれないな。物を溜め込むのは、血筋なのかもしれない」

祖父から父に、そして僕に繋がっていると思うと、収集癖があるのはちょっと嬉しかった。

「まあ、お前は父さんよりも整理整頓が出来るから、土蔵を使ってもいいだろう。片づけられるのは母さん譲りか」

父は、僕の頭にポンと手のひらをのせる。僕よりずっと大きくて、温かい手だった。

「土蔵の倉ぼっこによろしくな」

「父さん、多分それ、倉ぼっこじゃないから……」

「倉ぼっこじゃない……？　他の妖怪か？」

「父さんの中ではもう、妖怪で確定なんだね……」

石精は石の精霊のようなものだし、妖怪と精霊が似たようなものらしいので、父が言っていることは間違いではないのかもしれないけれど。

そんなことより、僕にとって、父が雫の存在を感じていたことの方が驚きだった。縁はきっと、祖父から父へ、父から僕へと受け継がれていたのだ。

「父さんが感じたのはきっと、倉ぼっこじゃなくて、お祖父ちゃんの収集品の化身なんじゃないかな。僕は凄くお世話になってるし、宜しく伝えておくよ」

「そうか……。収集品の化身なら、付喪神《つくもがみ》かもしれないな」

父は納得したように微笑む。

付喪神というのは、年月を経た器物に魂が宿り、妖怪化したものだと教えてくれた。

案外、石精もその一種なのかもしれないと僕は思った。

土蔵に僕のコレクションを飾ることが、晴れて父公認となり、僕は砂金が入ったフィルムケースを握り締めながら土蔵へと向かった。

その日は、砂金採りのことと、倉ぼっこや付喪神のことで、雫との話は尽きなかった。

第三話

賢者たちの石

Episode 3

Stone of Philosophers

土蔵には、ずっと客人がいた。

正確には人ではない。客石だろうか。

「あれから、彼には会えないのかい？」

雫が、裸電球の光で髪を煌《きら》めかせながら、僕に尋ねる。僕は、机の上に置いてある小箱を見つめながら、「うん」と頷《うなず》いた。

小箱の中には、小さなトルマリンが入っている。イタリアのエルバ島で採れた、貴重な黒い頭のトルマリンだ。

そしてその持ち主は、天城天音《あまぎあまね》さんという人だ。

天音さんは、亡き父親から鉱物を受け継いだものの、父親が亡くなる原因となった鉱物を嫌っていた。

それで、受け継いだ鉱物を売り払ってしまおうとしていた。

そんな天音さんに、僕はイスズさんの店で出会い、この黒い頭のトルマリンを押し付けられてしまったのだが……。

「このトルマリンに宿っている石精《いしせい》も、気が気じゃないだろうな……。縁が繋《つな》がっている天音さんと離れ離れになっているなんて……」

それこそ、長い間離れていたら、縁が薄くなってしまうのではないだろうか。そんな不安が、日に日に募っていた。

「天音さんが行きそうなところ、足を運んでみているんだけどね。偶然を装って話が出来ないかなって」

「でも、うまくいかない——と」

「うん……。イベント後にも一回見かけたんだけど、僕を見るなり逃げられちゃって。思わず追いかけたんだけど、天音さんは遥《はる》かに足が速くてさ……」

なにせ、脚の長さが違う。それに、こちらは中学生であちらは高校生だ。体力や筋力の差は歴然だった。

「でも、追いかけたのは良くなかったと思う……。少しずつ距離を縮めていこうと思ったのに、逆効果だなって」

「樹は、自らを省みることが出来るいい子だね」

雫は、やんわりと僕を褒めてくれながらも、逆効果だったことを肯定した。

「焦っちゃってるのかな、僕」

「焦る気持ちも分かるよ。樹は、鉱物と人との縁の大切さが分かっているし」

雫の言葉に、「……うん」と僕は頷いた。

「長く離れているからって縁が切れるとは思えないけど、縁が薄くなっちゃうような気はするんだよね。だから、一日も早く天音さんのもとに届けたくて」

僕は、トルマリンが入った小箱を見つめる。

トルマリンが僕の家に来てから、彼此《かれこれ》、何週間も経《た》っている。その間、僕は毎日のようにトルマリンの様子を見ているけれど、そのせいで僕とトルマリンとの縁が少しずつ強くなっているような気がした。

「縁が繋がる相手が変わるってことはあるの？」

僕の問いに、雫は少し難しそうな顔をした。

「無くはない、というところかな」

「ある……の？」

全身がざわつく。雫は、遠慮がちにこう言った。

「前例があるか、分からないけどね。でも、本人がそうしようと思ったら、そうなるのではないかと思って」

「本人が……」

「正確には、人ではなく鉱物だけど」

雫は、トルマリンの方へ視線をやる。

「樹達だって、自分の意思で、他人と離れたり近づいたりするでしょう？」

「あっ、そうか……」

雫の言わんとしていることを察した。

縁切りという言葉があるくらいだ。僕はまだ経験したことがないけれど、何らかの事情があって、意図的に相手と縁を切る人もいる。

それは、石精とでも成り立つということか。彼らには、心があるから。

「……彼は、どう思っているんだろう」

僕はトルマリンを見つめながら、恐る恐る問う。

トルマリンの石精は、姿を現さない。しかし、希薄ながらも気配は感じるので、今は眠っているようだった。

「今のところ、切ろうと思ってはいない、そんな気がするよ。天音君を信じていると思う」

「良かった……」

胸を撫《な》で下ろす僕に、「でも」と雫は続ける。

「樹のそばも、心地いいと思っているかもしれないね」

「……それは、光栄だけど」

でも、このトルマリンは、天音さんの父親のものであり、天音さんが受け継ぐべきものだ。

鉱物好きである律さん垂涎《すいぜん》の品らしいし、天音さんも僕に押し付けたけど、僕は天音さんが持っていた方がいいと思っていた。

「どうやったら、天音さんの心を開けるんだろう」

「樹のことは、少し認めてくれていたようだけどね」

「……うん。でも、ちゃんと話が出来るくらいにはなりたいな」

せめて、あともう一回チャンスが欲しい。

天音さんは鉱物を嫌っていた。

でも、好きの反対は嫌いではなく、無関心だという。だったら、まだ、望みはあるはずだ。

「天音さんが鉱物を嫌いになったきっかけって、やっぱり、天音さんのお父さんなのかな」

「あの口ぶりだと、恐らく」

雫は、悲しそうに目を伏せて頷く。

「お父さんが亡くなったのが原因で、お母さんも生活費を必死に賄っていて、天音さんもそれを手伝うために進路を変えたっていうから、原因になるには充分だとは思うんだけど」

　でも、何かが引っかかる。

　父親に対して恨んでいるだけならば、その鉱物を売るなんていう手間を掛けずに、捨ててしまうのではないだろうか。逆に、生活費を稼ぐために売っていたのだとしたら、もっと高値を付けても良かったのではないだろうか。

　天音さんの、安価でネットショップに出したり、骨董屋《こっとうや》さんに持って行ったりする行動には、言葉とは裏腹に鉱物に対しての愛情が見え隠れしていた。

　だから、僕は天音さんにトルマリンを返すことを諦め切れなかった。

「次は、変装して高校に行こうかな……。それとも、自宅を探して、自宅近くに張り込むのもありかもしれない……」

「樹がそうしたいのなら、僕は止めないよ」

　雫は、少し困ったような顔で微笑《ほほえ》む。これは、「やめた方がいいかも」というニュアンスを含んでいそうだ。

「……やっぱり、やめとく。そこまで行くと、完全にストーカーだし」

　でも、他に方法は思いつかない。

　どうしたものかと考えていると、不意に、土蔵の扉が開かれた。

「わっ……」

「おっと、悪いな。驚かせて」

外界の光を背に現れたのは、父だった。

「どうしたの？」

「山桜《やまざくら》さんから電話だよ」

「イスズさんから？ ……何だろう」

首を傾《かし》げつつも、僕は雫に「行って来る」と断りを入れ、土蔵を出て母屋の電話に出る。

「遅かったな」

「す、すいません。土蔵にいたもので……」

「ふん。まあ、いい。あそこからは距離があるしな」

イスズさんの声は相変わらず威圧感があってぶっきらぼうな口調だったけど、ちょっと不器用な人だからそうなってしまうことを、僕は知っていた。

それにしても、イスズさんが電話をしてくるなんて珍しい。一体、どんな用事だろう。

「えっと、どのような御用件で……」

「ああ。実は――」

受話器越しに教えてくれた話に、僕は耳を疑った。

「えっ、天音さんのお母さんと連絡が取れた……？」

今、まさに天音さんのことを話していた最中だというのに。偶然にしては、出来過ぎている。

「どうした。喜ばないのか？」

言葉を失っている僕に、イスズさんが問う。ハッとした僕は、丁度、天音さんの話をしていたことを伝えた。

「ふぅん。もしかしたら、石精の縁というのが為《な》す業なのかもしれないな」

「石精の縁が……」

「縁とはそういうものだ。だが、チャンスは何度もやって来ない」

イスズさんは、実感がこもった調子で言った。

縁による奇跡は、僕も何度も目の当たりにして存在を実感している。

だけど、何度も起きないから奇跡と言われているのも知っていた。もしかしたら、僕が見逃してしまった奇跡もあったかもしれない。

「天音さんのお母さんの話、詳しく聞かせて頂けますか？」

何が何でも、この縁をしっかりと繋ぎ留めなくてはいけないという使命感を呼び起こされて、僕はイスズさんの話の続きを聞いた。

天音さんの鉱物を預かったイスズさんも、処理をどうしたものか決めかねていたらしい。

しばらくの間は、天音さんが自分から取りに来るのを待っていたのだが、一向に姿を現さないので、こちらから動き出そうかと思っていた矢先に、天音さんの母親から電話が掛かって来たそうだ。

「その、何とお詫《わ》び申し上げたらよいものやら……」

天音さんのお母さんは、ほっそりとした女性だった。よく見ると、手指や爪の先も荒れていて、ケアをする余裕がないほど身を粉にして働いていることが想像出来た。

確かに、母親のそんな姿を見ていたら、父親を恨みたくなるだろう。父親を夢中にしていた鉱物に反感も覚えるだろう。

天音さんの心中を察しながらも、僕は事の成り行きを黙って見守る。

場所は、イスズさんのお店である『山桜骨董美術店』の店内の一角で、小さな机の上に、天音さんが置いて行った鉱物が置かれていた。

それを挟むように、イスズさんと天音さんのお母さんが座っていて、僕はイスズさんの近くに、遠慮がちに座っている。

勿論《もちろん》、雫も一緒だった。

雫は、僕のそばで事態を見守っている。そして、僕は上着のポケットの中に、天音さんのトルマリンを忍ばせていた。

「お詫びなんて、特に必要ありません。別に、損をさせられたわけでもないですし。それよりも、どうしてここが分かったんです？」

恐縮しきっている天音さんのお母さんに対して、イスズさんはいつもと違って出来るだけやんわりとした口調で尋ねる。

天音さんのお母さんは、「実は」と重い口を開いた。

「最近、息子の天音の様子がおかしくて……。息子には悪いと思ったんですけど、こっそりとスマホの履歴を見てみたんです」

「それで、うちの電話番号があった——と」

イスズさんの問いに、「はい」と天音さんのお母さんは頷いた。

「高校生の息子さんからしてみたら、母親にケータイの中を見られるなんてゾッとする話ですが、お陰様で、こちらは助かりました」

イスズさんは、苦笑まじりに言った。

「この石のことで、息子がご迷惑を……」

天音さんの母親は、心底申し訳なさそうにするが、「いいえ」とイスズさんは首を横に振る。

「まあ、多少の悶着《もんちゃく》はありましたが、迷惑というほどでは。ただ、こちらとしても彼の詳しい事情を知りたいと思っていましてね」

イスズさんは、天音さんが鉱物を買い取ってくれと押しかけて来たこと、同意書が無いからと断ると、タダでもいいから引き取って欲しいと言っていたこと、そして、その後、今日まで音沙汰がないことを伝える。

経緯を聞いた天音さんのお母さんは、何とも複雑な表情になった。

「そうだったんですか……。あの子は、父親の遺品をそんな……。夫の気持ちは、あの子には伝わらなかったんですね……」

「天音さんのお父さんの……気持ち……？」

僕は思わず問う。天音さんのお母さんは、目を伏せながら深く頷いた。

「あの子――天音は、真面目な子なんです。学校でもいい成績を取ろうと、私達が何も言わなくても勉強をして……」

天音さんは幼い頃から、宇宙飛行士に憧れていたのだという。

狭い地球から、広い宇宙へと飛び立って、見たことのない世界を見たいと言っていたそうだ。

「そして、自分の名前である、天の音も聞きたいと言っていました。まあ、実際には、宇宙には音を伝えるための空気がないので、音はしないと言ってましたが……」

「真空ですしね」とイスズさんは答えた。僕はそこで、宇宙では音が伝わらないことを初めて知った。

「兎《と》に角《かく》、私達は、真面目で向上心がある息子を誇らしく思っていたのです」

天音さんのことを語るお母さんは、自然と顔を綻ばせる。そこに確かな愛情を感じ、胸の奥がきゅっとなった。

「でも、夫は――あの子の父親は、宇宙もいいけれど、地球にもまだ見ぬ世界が沢山あると、あの子に伝えたかったようで……。現に、あの人は地球の中で生まれた、美しい石を沢山持っていて、私にも地球の素晴らしさを教えてくれたのです」

天音さんのお母さんは、机の上に置かれた鉱物達を愛《いと》おしそうに見つめる。ずらりと並べられた色とりどりの鉱物の一つ一つに、夫との思い出があるのかもしれない。

「天音さんには……」と僕は問う。

「あの人は、伝えるつもりでした」

「つもり……？」

「天音が必死になって勉強をしているのを見て、邪魔をしてはいけないと思って、控えていたんです」

「そう……だったんですね」

天音さんのお父さんは、陰ながら応援することを選んだ。いつか、息子に鉱物の素晴らしさを、そして、地球の素晴らしさを知って貰《もら》うために。

「あの人は、いつか天音に見せるための風景を探して、様々な場所へと出かけました。そして、天音に鉱物に触れて貰うために、様々な鉱物を集めました。でも、あんなことになるなんて……」

天音さんのお母さんの声が震える。

息子に見せたい風景を探していたお父さんは、不幸にも、滑落して、道半ばにして命を落としてしまった。息子に、地球の素晴らしさを語ることすら叶《かな》わなかった。

「そうだったんですか……」

天音さんのお母さんは、「はい……」と肩を震わせながら頷いた。その両目には涙が溢《あふ》れ出し、慌ててハンカチで押さえる。

「す……すいません」

「い、いえ……」

僕がどうしたらいいか分からず慌てていると、イスズさんは黙って席を立つ。そして、しばらくして、温かいお茶を淹《い》れて来てくれた。

「申し訳ございません。お見苦しいところを……」

「いえ……、僕も祖父と愛犬を亡くしているので……」

同じく喪失を経験している者だと分かると、天音さんのお母さんは幾分か安堵《あんど》の表情を浮かべた。天音さんのお母さんがお茶を飲んで落ち着くのを、僕達は静かに見守っていた。

少しずつ、天音さんの家の事情が見えて来た。

ご両親の、天音さんに対する愛情もよく分かった。

だけど、天音さんの心は、まだ分からない。

「あの子は、父親を恨んでいるのかもしれません」

「どうして……」と僕は尋ねる。

でも、確かに天音さんは、父親に対していい感情を抱いていないように見えた。それが、鉱物に対する嫌悪に繋がっているようだった。

「あの子からしてみれば、父親は自分に構わずに石にばかりかまけているように見えたのかもしれません。だから、鉱物をこんな風に……」

骨董屋さんに押し付けたのは、父親のしてきたことに対する当てつけだと、天音さんのお母さんは思っているようだった。

「それは、どうでしょうね」

黙って話を聞いていたイスズさんは、重々しく口を開く。

「彼のことは、彼にしか分かりません。いや、自分の心すら、人間にはよく分からないものです」

「自分の心も……？」

僕が尋ねると、「ああ」とイスズさんは頷いた。

「だから、天邪鬼《あまのじやく》な行動をするのかもしれない。好きなのに、嫌いと言うのかもしれないっていうことだ」

「天音さんは、鉱物が嫌いって言っていたけど、実は好きっていう……」

「飽くまでも、想像だけどな。俺は彼じゃないんでね」

イスズさんは肩を竦《すく》めた。

「こちらの遺品は私が持って帰ります。我《わ》が儘《まま》で恐縮ですが、あの子が受け継がないなら、私が受け継ごうと思いまして……」

「それがいい。思い出が強過ぎる品は、うちでは引き取れませんから」

イスズさんは、天音さんのお母さんをなぐさめるように、冗談っぽく言った。

「でも、息子さんに継がせることは、諦めていないんですよね？」

「ええ……。でも、どうなることやら。もう、あの子には私の声は届かないかもしれません」

天音さんのお母さんは、弱々しく首を左右に振った。

心配な気持ちで見ていた僕を、雫が小突く。ポケットを見つめる彼を前にして、僕はハッとした。

僕も、天音さんに返したいものがあった。天音さんのお母さんにお願いして、返すチヤンスだ。

急いで上着のポケットを探っている時、天音さんのお母さんは、再び口を開いた。

「夫から、あの子に渡すようにと預かっていたものがあるんです」

「ほう……？」

イスズさんは、興味深げに目を瞬かせた。僕と雫も、天音さんのお母さんの言葉に耳を傾ける。

「でも、こんな状態では、受け取って貰えなそうで……」

天音さんのお母さんは項垂《うなだ》れる。僕達が掛ける言葉を探していると、彼女はハッとして顔を上げた。

「す、すいません。こんな個人的な話を……」

「いや、こちらはもう、巻き込まれているようなものなのでね。構いませんよ」

イスズさんは、ぶっきらぼうながらもフォローする。僕と雫も、静かに頷いた。

「一体、どんなものを預かっているんです？」と僕は問う。

「私も開けていないので……。でも、鉱物だと思います。渡されたのも、鉱物採集に行った後のことでしたし」

「まあ、話の流れからして、鉱物以外は考え難《にく》いでしょうね」とイスズさんは言った。

「鉱物……」

僕は、雫の方を見やる。

「彼の父親からの、唯一のメッセージか。是非とも渡してあげたいけれど、ただ渡すだけでは、メッセージを読み取って貰えないかもしれないね」

「だよね……」

天音さんは、鉱物に対して心を閉ざしている。

天音さんの心の中では、様々な感情が渦巻き過ぎて、その向こうにある真実を見つけることが出来ないかもしれない。でも、父親のメッセージが、天音さんの心を開くきっかけになる可能性だってある。

「父親からのメッセージを、正しく伝える役が必要そうだ」と雫は言った。

「お父さんが託した鉱物から、意図を読み取れる人ってこと？」

僕の疑問に、雫は「そうだね」と頷いた。

「樹ならきっと、それが出来る。君は、鉱物と縁が繋がった子だし、縁が繋がった多くの人と鉱物を見届けている子だから」

「ぼ、僕……？」

雫は、真っ直《まっす》ぐな視線を僕に向ける。その双眸《そうぼう》は、信頼に溢れていた。

僕に出来るだろうか。

自然と心臓が高鳴り、緊張で息が浅くなる。

もし、失敗したら、天音さんに鉱物を返すチャンスすら失ってしまうかもしれない。それどころか、これ以上、父親の思いが伝わらなかったら、天音さんは、鉱物と完全に縁を切ってしまうかもしれない。

そしたら、エルバ島のトルマリンの石精は、どうなってしまうのか。

ポケットの中で、エルバ島のトルマリンが入った小箱が震えた気がした。

「樹……」

黙り込む僕を、雫は心配そうに見つめる。

僕は、ゆっくりと時間をかけてから、「大丈夫……」と息を吐き出した。

「やってみる。他に、方法は無さそうだし」

「それでこそ、草薙樹だ」

雫は微笑む。

そんな僕を、天音さんのお母さんは不思議そうに眺めていた。

そうだった。天音さんのお母さんは、雫のことが見えないんだった。

「あっ、すいません。これは、その……」

「こいつは、考え事をする時に独り言を漏らす癖があるんです」

イスズさんは、すかさずフォローをしてくれた。天音さんのお母さんは、「そ、そうなんですね……」と腑《ふ》に落ちない顔をしながらも納得する。

「で、どうやら、一つ決意を固めたようだな」

イスズさんは、決心をした僕に促すような視線をくれた。

僕は頷き返し、天音さんのお母さんに向き直る。

「あの、実は僕、何回か天音さんとお会いしていて……」

「そうだったんですか。それはお世話になりました」

天音さんのお母さんは、中学生の僕に対して、律義に頭を下げる。

「あっ、いえ、その、僕がむしろお世話になったくらいで……」

慌てて頭を上げて貰い、気を取り直して本題に入った。

「だから、鉱物をお渡しする時に、お手伝い出来ないかと思うんです」

「そんな、お手を煩わせるわけには……」

「僕も、天音さんのお父さんと同じで、鉱物が好きなので」

「あなたも……あの人と同じ……」

天音さんのお母さんは、目を見開く。

僕は天音さんのお母さんを、真っ直ぐに見つめ返した。まずはこの人に信用して貰わなくてはと思い、背筋を伸ばす。

「だからこそ、天音さんのお父さんが、どれだけ鉱物を愛していたかが分かるんです。コレクション一つ見ても、とても素晴らしいですし。綺麗《きれい》なのは勿論なんですけど、それ以上に、本当に好きで集めてたんだなっていうのが、伝わって来るんです」

採集した鉱物は、一つ一つ、丁寧にクリーニングされていた。それに、大きさや形などに、何処《どこ》か共通点があって、強いこだわりを感じた。ラベルも全て添えられていて、ずらりと並べると壮観だった。

本当に好きでないと、ここまでやるのは難しい。

そもそも、わざわざ道が険しい産地へ赴くのも、愛があるからこそなんだろう。そして、愛があるからこそ、愛おしい息子にその素晴らしさを伝えたかったのだ。

「僕はそれを、天音さんに伝えたい。お父さんの気持ちをどれだけ伝えられるか分からないけど、二人の縁を繋ぐお手伝いをしたいんです！」

天音さんのお母さんは、そう言ったっきり、しばらく口を噤《つぐ》んでいた。

「二人の縁を……繋ぐ……」

僕は気が気でなくて、全身から嫌な汗が滲《にじ》む。内臓がキリキリと締め上げられるような痛みに、歯を食いしばった。

やがて、天音さんのお母さんは、静かに口を開いた。

「うちのことで、他の方のお手を煩わせるのは申し訳ないのですが――」

天音さんのお母さんは、懇願するように頭を下げる。

「どうか、お願い出来ますか。私は、父親の代弁者になれるかもしれないけれど、鉱物愛好家としての代弁者にはなれないので」

「頑張ります。なので、その、頭を上げて下さい」

僕は再び、慌てて頭を上げて貰う。

その日は、天音さんのお母さんも準備が出来ていなかったので、日を改めて、天音さんに話をすると言って帰路についた。その時に、イスズさんのところに置いていった鉱物達も天音さんに改めて渡したいということだった。

「……こいつらはまた、俺の店で眠ることになるのか」

イスズさんは、鉱物達が入った箱を丁寧にしまい込む。

「山桜さんのところなら、寝心地は良さそうですけど……」と、僕は遠慮がちに言った。

「こっちが落ち着かないんだよ。これだけ他人の物があると、ざわざわしてな」

「えっ、もしかして、声が聞こえるんですか？」

僕はイスズさんに問いかけつつ、つい、雫の方を見やる。雫は、特に石精の気配を感じているわけではないようで、きょとんとした顔で僕を見つめ返す。

「気配だよ、気配。うちのもんには慣れたが、他人のもんは気配が違ってな」

イスズさんは霊感の類があるらしく、雫のことも気配で分かるそうだ。今回も、僕達には分からない何かを、感じているのかもしれない。

「まあ、こちらのことはいい」

諦めたようにそう言うと、イスズさんは僕に視線を向ける。

「それより、お前が預かったトルマリンも、次にあいつを呼び出した時に返すことになりそうだな」

「天音さんに、受け取って貰えれば……」

思わず声が震える。

「さっきの威勢はどうした。父親のメッセージを、あいつに届けるんだろう？」

「いや、もう、緊張して来て……」

現に、手のひらが汗でベトベトだった。

「今から緊張していたら、当日は息の根が止まってしまうんじゃないのか？」

イスズさんは呆《あき》れたような表情で、先程僕のために出してあったお茶を勧めてくれた。

僕は、お茶をそっと飲み干す。飲みそびれていた日本茶は、程よくぬるくなっていて、僕の心を落ち着かせてくれた。

「兎《と》に角《かく》、頑張らないと。天音さんのためにも、お母さんのためにも、そして、鉱物達のためにも……」

「意気込むのはいいが、気張り過ぎるのもどうだろうな」

イスズさんは、自分の分のお茶を啜《すす》る。

「お前は責任感が強過ぎる。そこまで気負わなくていい。自然体でいろ」

そう言われて自然体になれるほど、僕は器用ではなかった。

「何なら、お前の相棒に手でも握ってもらえ」

「そ、それは流石《さすが》に……」

「僕は構わないよ」

雫は、笑顔で手を差し伸べる。なんだか気恥ずかしかったけど、そっと雫の手に触れてみた。

優しく握って貰うと、ひんやりとした感触が伝わって来る。

「……ちょっと、落ち着いたかも」

「握り石じゃなくて、握られ石だな」

イスズさんの言う通り、雫の手のひらは人間の手というよりも、石に近い感触だった。外気と同じ冷たさが、僕を冷静にしてくれたのか。

「では、当日は、こうやって握手をしていようか」

雫は、全く構わないと言わんばかりに笑顔だ。お言葉に甘えそうになったけれど、慌てて首を横に振った。

「いや、流石に大丈夫。……まあ、話し合う前には握って貰いたいけど」

「そうするよ」

「自然体……」

雫は微笑む。

「それにしても、お前は変わったな」

「えっ？」

イスズさんは、しみじみした様子で僕を見つめていた。

「初めてこの店に来た時は、もやしみたいなガキだと思った。まあ、見た目がもやしみたいなのは、今も変わらないが……」

「生憎《あいにく》と、筋肉がつくようなことをしていなくて……」

「だが、心はもやしではなくなったみたいだな。お前の瞳からは、芯の強さを感じるよ」

ふっと、イスズさんが笑った気がした。

「本当……ですか？」

「嘘《うそ》を言ってどうする」

「あ、あの、有り難うございます……」

「礼を言われるようなことは言っていない」

何を言っても取り付く島もないようなイスズさんだったけど、この人に認められたのは嬉《うれ》しかった。それだけで、僕の心に勇気が灯《とも》り、自然と背筋が伸びる。

「話し合いは、お前の好きにやりな。助け舟が必要そうなら、俺が出来るだけ手を貸すから」

「はい！」

思いのほか大声になってしまい、自分で目を丸くする。

その様子を、雫とイスズさんは、何処か微笑ましそうに見守ってくれていた。


数日後、天音さんは山桜にやって来た。

天音さんのお母さんが、イスズさんに鉱物を押し付けたことを知ったから、保護者同伴で引き取りに来るという設定だった。

「その節は、どうも、うちの子がご迷惑をお掛けして……」

天音さんのお母さんは、改めてイスズさんに深々と頭を下げて謝罪する。天音さんもまた、同じように頭を下げた。

「すいませんでした」

神妙な面持ちだけど、言葉の端々には刺々《とげとげ》しさがあり、どうして自分がこんな目に遭っているのかと言わんばかりだった。このままでは、鉱物を引き取っても、また同じことを繰り返すかもしれない。

天音さんのお母さんは、鉱物が入った箱を受け取りながら、ほっと溜息《ためいき》を吐《つ》く。

「お父さんの鉱物、取り戻せて良かった。お父さんの思い出の品だから、無くなったら悲しいわ」

「だったら、母さんが持っていればいい」

天音さんは、ぽつりと言った。

「俺が受け継ぐよりも、母さんが受け継ぎなよ。その方が、父さんも鉱物も幸せだろうし、俺も気楽だ」

「でも、どうしてもあなたに受け継いで欲しいの。それが、あの人の望みだから」

「父さんの？」

天音さんは、露骨に顔を顰《しか》めた。

「本当に無理なら、私は諦めるわ。だけど、その前に――」

天音さんのお母さんは、僕に目配せをしてから、小さな木箱を取り出した。

「これは、お父さんがあなたに渡したいって言っていたものよ。これを見てから、判断して」

「父さんが、俺に……？」

天音さんは、驚愕《きょうがく》の表情で木箱を受け取る。

「失礼。少々、書いて頂きたい書類が」

イスズさんはそう言って、天音さんのお母さんを奥の客間に案内する。きっと、大人《おとな》がその場にいると、邪魔になると思ったのだろう。

その場には、僕と天音さんと、雫だけが残された。

イスズさんと天音さんのお母さんの気配は、何となく感じる。いざという時にフォローしようと、廊下の奥から聞き耳を立てているのかもしれない。

僕は、勇気を奮い立たせて、天音さんと向き合った。

「それ、開けてみたらどうです？」

木箱を見つめたままの天音さんに、声を掛けてみる。

どうやら何か考え込んでいたらしく、「あ、ああ」と精彩を欠いた返事をされた。

天音さんは、恐る恐る木箱を開ける。僕は覗《のぞ》き込みたいのを我慢しながら、一歩離れたところから雫と見守った。

「これは……」

中身を目にした天音さんは、驚嘆した後に、険しい表情になった。

「何が入ってたんですか？」

恐る恐る尋ねる僕に、天音さんは一言、「毒だ」と吐き捨てた。

「毒？」

「水銀だよ。硫化水銀。お前くらいなら知ってるだろ」

天音さんは、木箱を僕に突き出す。

目に入ったのは、鮮やかな朱色だった。

「辰砂《しんしゃ》……！」

丸まった朱色の塊に、見覚えがある。確か、イトムカ鉱山で採れる辰砂だ。

イトムカ鉱山というのは、北海道にあった鉱山だ。イトムカは、アイヌ語で『光り輝く水』を意味しており、その名の通り、水銀の鉱山だった。今は閉山しているがゆえに、そこで採れた辰砂は貴重だった。

以前、雫に、祖父のコレクションだったイトムカ鉱山産の辰砂を見せて貰ったことがある。

その時のものよりも、ずっと綺麗な色をしていて、大きなものだった。

「凄《すご》い……。立派な辰砂じゃないですか！」

「だが、こいつには毒性がある。こいつの主成分は水銀で、触れれば中毒を起こす物質だ。公害にもなったじゃないか！」

確かに、メチル水銀を含む工業用水が海に流れ、魚がその水銀を取り込んでしまい、それを食べた人々が水銀中毒になってしまったという痛ましい事件もあった。

「でも、綺麗な絵の具にもなる石で……」

僕は、雫から教わったことを思い出しながら、天音さんに反論する。だけど、天音さんは「何が絵の具だ！」と声を荒らげた。

「あいつは……俺のことを、毒を撒《ま》き散らすような息子だと思っていたんだ」

「そんな……」

「実際、その通りさ。俺の中でくすぶっている怒りが、毒になって外に出ちまうんだ。お前だって、見ただろう……!?」

僕は、鉱物イベントでパワーストーンを販売していた人と、天音さんが衝突したのを見ていた。そして、それを目の当たりにして、傷ついてしまった女性も知っている。

天音さんだって、本当は人を傷つけたくはないのだろう。

だけど、彼の中の怒りが——恐らく、真面目ゆえの正義感が、毒となって溢れてしまうのだ。

皮肉なことに、本当に辰砂みたいだなと思った。

木箱に丁寧に収められているイトムカ鉱山の辰砂は、朱色の身体《からだ》からぽつぽつと銀色の粒を出していた。

きっと、自然水銀だ。

化学反応を起こして、水銀だけが浮かび上がってしまったのだろうか。

もっとよく見ようと、思わず手を伸ばす。雫がそれを、やんわりと制止した。

「触れてはいけないよ」

雫は頭を横に振る。

「そうだ。こいつは毒だ。鉱物で癒されるなんて、ただの人間のエゴだ」

天音さんは、吐き捨てるように言った。

「危険な鉱物だってある。放射線を発し続ける放射性鉱物や、砒素《ひそ》などを含む鉱物もな。そんな鉱物も含めて、好きとか癒されるとか言えるのか？　そんな鉱物とも、縁を結びたいと思うのか？」

天音さんは、僕と雫をねめつける。

そんな天音さんに対して、「だけど」という言葉が、反射的に口からこぼれた。

「だけど、辰砂は人を傷つけようと思って毒を出しているわけじゃない。辰砂だけじゃなくて、放射性鉱物や他の毒性があるって言われている鉱物も」

自分の言葉に、驚くほど確信があった。何か強い力が、僕の背中を押してくれているようだった。

「そもそも、毒かどうかも、人間が決めるものじゃないですか。毒だからって嫌うのは、それこそエゴだと思うんです。触れて中毒を起こすなら、触れずに仲良くなればいい。

……僕は、そう思うんです」

「毒性がある鉱物でも、縁を結びたいと？」

「はい」

僕の答えに、迷いはなかった。

「天音さんだって、好きで怒っているわけじゃないし、好きで人を傷つけるわけじゃない。どうしても曲げられないものがあるから、結果的にそうなってしまう。そういう意味では、自分で特性を変えられない鉱物と、同じなのかもしれないと思います」

「俺のは、ただの……」

天音さんは、気まずそうに目をそらす。僕達からも、辰砂からも。

「でも、人間には主観があるから、認識を変えることで変わると思うんです。つまりはその、誤解を解くことで、見え方も変わるというか……」

「父親のメッセージを、正しく受け止めることが必要ということさ」

僕に助け船を出すように、雫が言った。

「メッセージを……正しく受け止める……？」

「そう。確かに、辰砂は人間にとって有毒なものを含む鉱物だ。しかし、彼らは薬とされていた時期があったし、辰砂があってこそ、中国では錬丹術《れんたんじゅつ》という技術が生まれ、後の医術を発達させる礎になったのさ」

雫の言葉を聞いた天音さんは、そらしていた視線を辰砂へと向ける。

「そんな辰砂が、何と呼ばれていたか知っているかい？」

「……いや」

天音さんは首を横に振る。

「『賢者の石』だよ」

その瞬間、天音さんが手にした木箱の中の辰砂が銀色に輝き始めた。

「まさか……」

天音さんと僕が驚愕するのも束《つか》の間《ま》、あっという間に、視界は銀色に塗り潰されたのであった。


気付いた時は、僕達は誰かの部屋の中にいた。

六畳くらいの広さにみっちりと、本棚やガラスケースが並べられている。

ガラスケースの中には、あらゆる鉱物が飾られていた。透明度の高い宝石鉱物も、ぎらぎらと輝く金属鉱物も、鉱物名と産地を記したラベルを誇らしげに掲げながら、ガラスケースに設置された照明に照らされていた。

本棚には、鉱物関連のものを中心に、自然科学の本がずらりと並んでいた。大判の図鑑や、洋書なんかもある。

机もあったけれど、本や鉱物で埋め尽くされていた。ルーペやスケールが散らばっており、鉱物の特徴や産地情報などが書かれたノートが広げられている。机のあちらこちらには、日本では見られないような不思議な木の実が転がっていて、異国の香りを漂わせていた。

一目見て分かる。この部屋の主《あるじ》は、鉱物を含めた、ありとあらゆる自然を愛しているのだと。

天音さんは、震える声でこう言った。

「父さんの部屋だ……」

「えっ」

僕は目を丸くする。

よく見れば、部屋の一角に、鉱物が詰まっている箱が積まれていた。その中には、見覚えがある箱もある。ラベルの筆跡も、山桜に持ち込まれたものと同じだ。

「まるで、驚異の部屋だね」

雫は、感心したように部屋の中を眺めていた。

壁には、アンティークと思《おぼ》しき鉱物画が飾られている。かと思えば、海外の鉱物イベントのポスターと思しきものもあった。

「父は、よくこの部屋にこもっていた……。よっぽど、鉱物が好きなんだろうなと思っていた。地中ばかりに目をやっている父に、俺は苛立《いらだ》っていた……」

天音さんは、ぽつりぽつりと語り出す。僕は、「そうだったんですね……」と相槌《あいづち》を打った。

天音さんの表情は、何処か寂しそうだった。お父さんが鉱物ばかり見ていたから、その反発心から宇宙に目をやるようになったのかもしれない。

「お父さんは、きっと天音さんのことを邪魔したくなかったから、出来るだけ干渉しないようにしてたんですよ」

「はっ、そんな馬鹿な。息子よりも鉱物の方が好きだったんだろう」

天音さんは鼻で嗤《わら》う。そんな天音さんに、僕はちょっと強い視線を返した。

「それって、お父さんから聞いたんですか？」

「いや……」

「天音さんのお父さんは、いつか天音さんと一緒に鉱物の採集に行きたいと、ずっと思っていたそうです。地球にもまだ見ぬ世界が沢山あるから、と。結果的に、それは叶わなかったですけど……」

僕は肩を落とす。天音さんは、愕然とした表情でそれを聞いていた。

「そんな……。お前こそ、父さんから聞いたわけじゃないだろ！」

「それは……」

天音さんのお母さんからまた聞きしたものだけど、ちゃんと天音さんのお父さんの言葉だ。でも、本当に天音さんのお父さんの言葉を聞いた人が、直接伝えた方がいいのではないだろうか。

僕が迷っていると、ふと、厳かな声が聞こえた。

「それは、彼の本当の言葉だ」

天音さんの、すぐ横からだ。天音さんは、ハッとそちらを振り返る。

すると、すぐそばに、赤い髪の綺麗な人が佇《たたず》んでいた。

昔の中国の身分が高い男性が着ていたような衣装を身にまとい、いびつな銀の球体の細工をあちらこちらにつけている。

天音さんは、ぎょっとして距離を取る。その反応を見て、僕もそのひとの正体を察した。

辰砂の石精だ。銀の球体は、装飾品ではなく水銀か。

警戒していた天音さんだけど、それ以上、距離を空けることはなかった。ごくりと固唾《の》を呑み、恐る恐る、辰砂の石精に尋ねる。

「それは、本当なのか」

「私は、嘘が言えるほど器用な組成ではない」

硫黄《いおう》と水銀で構成された鉱物の石精は、大真面目な表情でそう言った。

「彼の部屋は、まだそのままなのか？」

今度は、石精が問う番だった。

「……石は弄《いじ》ったけど、本までは手を付けてない」

「そうか。ならいい」

辰砂の石精は、本棚の一角に手を伸ばす。

そこだけ、背表紙の雰囲気が違っていた。本とは違う見慣れた背表紙が窺《うかが》え、それがノートだということに気付く。

「天音」

「……なんだ」

「それを見てみろ」

辰砂の石精は、一冊のノートを指さした。天音さんは、恐る恐る、それを手に取ってみる。

「これは、採集の手記か……？」

天音さんは、手記と思しきノートをパラパラと捲《めく》る。だけど、辰砂の石精は、「それだけではない」と首を横に振った。

「添えられた文章を読んでみるといい」

天音さんは、言われるままにノートに齧《かじ》り付くように目を落とす。僕と雫も、天音さんの邪魔をしないように、後ろからそっと中身を見せて貰った。

「これは……」

確かに、鉱物の産地の詳細を記したものだった。だけどそこには、『天音に見せたいもの』という項目が添えられていた。

「父さんが、こんなものを……」

「いつかお前を産地に連れて行く時のことを、常に考えていた。私を見つけたイトムカ鉱山についても、その中に記されている」

天音さんは、食い入るようにノートを見つめていた。

産地のどのルートを辿《たど》ると、どんな石を見つけることが出来て、どんな植物が生えていて、どんな生き物が見られるかが書いてあった。

時々、写真が添えられてあったり、イラストが描かれていたり、押し花や葉がテープで留められているページもあった。

そのどれもが、天音さんのお父さんが、天音さんに見せたいと思ったものだった。

「お前の母親は、彼が亡くなった喪失感のあまり、部屋の中を直視出来ずにいた。だから、このノートの存在も知らなかったのだろう」

「……それに、母さんは仕事で忙しいから」

「それもあるな。お前が本の整理にも着手していれば、いずれは見つけられたかもしれないが」

「いや」

天音さんは、吐き出すように言った。

「一つ一つ確認するほど、冷静じゃなかった。まとめて業者に引き取って貰ったかもしれない」

天音さんの手は震えていた。視線は、ノートからそらせなくなっていた。

「彼の遺《のこ》した言葉を、聞きたいか？」

辰砂の石精は問う。

「ああ……」と天音さんは深く頷いた。

「『いつか、天音と一緒に見に行きたい。自然が作り出した芸術を、地球の息吹の欠片《かけら》を』と言っていた」

「自然が作り出した芸術、そして、地球の息吹の欠片……」

天音さんは、ノートをぎゅっと抱いた。強く、中身を胸に刻むように。

「俺は……父さんのことを何も知らなかった」

「天音さん……」

「何をするにも、鉱物のことばかり気にかけていた。たまに話をしても、鉱物のことしか喋《しゃべ》らないし、部屋にこもって鉱物ばかり眺めていた。俺は、そんな父に苛立ちを覚えていた……！」

それは何故《なぜ》か。天音さんはもう、自覚しているようだった。

きっと、鉱物に嫉妬をしていたのだ。父親は、自分よりも鉱物のことが好きなのだと、天音さんは思っていた。天音さんは、本当は父親が好きなのに。

「でも、全部俺のためだったんだ」

天音さんは、込み上げるものを吐き出すように言った。

「俺の宇宙に対する憧れを尊重していたから、俺に地球の素晴らしさを伝えようと鉱物の話ばかりして邪魔をしないように部屋にこもった。そして、部屋の中で鉱物を眺めながら、俺と採集に行くことばかり考えていた……」

天音さんの声は、いつの間にか嗚咽《おえつ》まじりになっていた。

ノートに、ぽたりと何かが零《こぼ》れた。

「本当に、馬鹿な父親だよ。どんなに想《おも》ってくれても、どんなに色んなことをしてくれても、死んだら意味ないのに……」

天音さんの目から、涙がぽろぽろと落ちる。大粒の涙は、光を受けて水銀のように輝いた。

そこにあるのは、毒々しさではなく、美しさだった。水銀を水の銀と書くように、まさに銀のような繊細さがあった。そんな天音さんの涙を、僕はただ、言葉を失って眺めていた。

「そうだね。命を落としてしまったら、意思の疎通が出来なくなる。彼を構成していた原子は滅びないけれど、君の父親として、君と産地を巡るという願いは叶わなくなってしまう……」

雫は、そっと目を伏せる。祖父のことを、思いに重ねているのだろう。

「でも、縁は繋がってる」

僕の口から、自然とそんな言葉が零れた。

天音さんと雫は顔を上げ、辰砂の石精は、ゆっくりと頷いた。

「その人が旅立ってしまっても、縁と思い出が遺ってる。縁を手繰り寄せ、思い出に浸りながら、その人と寄り添うことは出来る。そう思うんです」

「お前……」

「天音さん、お父さんは今も、そこにいるんです。そのノートを綴《つづ》った時の魂が、そこに宿っているんです。お父さんの思い出と、未来を紡ぐことは出来ると思います」

天音さんは、しばらくの間、黙って僕を見つめていた。僕も、黙って天音さんを見つめ返した。

やがて、天音さんはノートに視線を落とし、「そうだな」と言う。

「父さんが想いを遺してくれたから、俺は辿ることが出来る。……父さんの気持ちを踏みにじり、父さんのコレクションを無下にした俺が、それを許されるのなら……」

天音さんは、辰砂の石精の方を見やる。

だが、辰砂の石精は首を横に振った。

「私よりも、伺いを立てるべき相手がいるだろう」

「え……？」

天音さんが不思議そうにしていると、ふと、僕の隣に黒い影が現れた。

「君は……」

それは、喪服に身を包んだ、エルバ島のトルマリンの石精だった。石精の姿を見るなり、天音さんの顔に後悔と罪悪感が浮き彫りになる。

「その、すまなかった……」

天音さんは首《こうべ》を垂れる。

「父さんがいなくなって清々したなんて、……嘘だ。ずっと、胸に穴が開いたみたいな気持ちだった……。でも、それから目を背けていたんだ。それだけじゃなく、お前にひどいことまでして……」

「いいの」

トルマリンの石精は、透き通るような声で言った。

「あなたがもう、迷わないならば」

トルマリンの石精は、軽やかに歩み寄る。天音さんに向かって。

黒いベールはまくれ上がり、歓喜に満ちた表情が露《あら》わになる。

「そうだな。もう、迷わない。お前達がいるから、きっと」

そう言った天音さんを、トルマリンの石精はぎゅっと抱きしめる。溢れんばかりの笑みを浮かべた頬は、薔薇《ばら》のような色に染まっていたのであった。

気付いた時には、山桜の店内に戻っていた。

天音さんの手の中には、辰砂が入った木箱と、僕が持って来たエルバ島のトルマリンが入った箱が、いつの間にか収められていた。

「ノートは……！」

天音さんは、手の中にあったはずのノートが消えていることに気付く。慌てる彼に、「大丈夫」と雫が声を掛けた。

「先ほどのノートは、辰砂の石精の記憶が作り上げた、幻想の産物さ。彼の記憶が正しければ、君の家に帰れば実物があるはずだよ」

「そうか……」

天音さんは、心底ほっとしたようだった。そんな天音さんを見て、僕も胸を撫で下ろす。

「天音さんのお父さんの部屋、まさに、賢者の部屋って感じでしたね。祖父の土蔵も魔法使いの住処《すみか》みたいでしたけど、本や資料の密度が全然違ってビックリしました」

「ならばこいつは、もともと父さんが持つに相応《ふさわ》しいものだったのかもな」

天音さんは、自嘲の笑みを浮かべながら辰砂を見つめる。

「いいや。それは君に相応しいと思うよ」

雫の意見に、「まさか」と天音さんは苦笑する。

「君も、鉱物を忌避していたとは思えないほどの知識を持っているしね。行動力もあるし、心根は真っ直ぐだ。そんな君を、お父さんは賢者の卵だと思って、期待していたのかもしれない」

雫は天音さんを見つめたまま、さらりと称賛する。恥ずかしさからか、「くっ」と天音さんは歯を食いしばるようにして目をそらした。

「それにしても、期待……か」

「目標があるのなら、そこを目指してみてはどうですか？　その、大学に行くなら奨学金制度があるし、アルバイトをしながら授業を受けることも出来るだろうし……。いずれも大変だとは思うんですけど、大学に行くのを諦めたり、目標を捨てたりする必要はないと思うんです」

「……そうだな。母さんと、相談してみる」

生意気かなとドキドキしていた僕は、天音さんの返答に嬉しくなった。雫もまた、満足そうに顔を綻ばせている。

「ただし、大学から先の将来については、また考え直そうと思う」

「えっ、どうしてですか？」

天音さんの意外な言葉に、僕は目を丸くする。しかし、それには続きがあった。

「……俺は、地球のことを知らな過ぎるからな。地があるから天があるのに、地を疎《おろそ》かにして天を目指すのは俺の主義に反する」

「それじゃあ、もしかして……」

僕と雫は、顔を見合わせた。そんな僕達に、天音さんは頷く。

「地球のことを、もう少し学びたい。父の手記を見つけて、父が俺に見せたかった世界を見に行きたいんだ。そうすることで、また違った風景が見えて、新しい道が見えるだろう」

「そう……ですね」

僕は、噛《か》み締めるように頷く。天音さんと石精達と、天音さんのお父さんとの縁がしっかりと繋がったような気がした。

「話はまとまったようだな」

いつの間にか、イスズさんと天音さんのお母さんが、店の方へ戻って来ていた。僕は姿勢を正し、天音さんはバツが悪そうな顔をする。

「ほら。お前の大切な石だ。もう、無下に扱うんじゃないぞ」

イスズさんは、改めて、天音さんに宝石鉱物達が入った箱を手渡す。「はい……」と小声ながらも、天音さんはしっかりと頷いた。

「保護者もいて丁度いいから言っておくが、今度うちに売りに来る時は、保護者の同意書を貰って来い。査定やら何やらの話はそれからだ」

「分かりました……」

「まあ、しばらくは来ないと思うがな。今はそんな顔をしている。それは、憑《つ》き物《もの》が落ちたって顔だ」

イスズさんの背後で、天音さんのお母さんも安心したように胸を撫で下ろしていた。

天音さんは、ますます気まずそうな顔になる。

「まあ、どうしても家から溢れそうなものや、次の持ち主を探してやりたい時はうちを頼れ。持ってくるのが難しいのなら、俺が行ってやる」

「それはどうも。でも、今のところは必要ないので」

天音さんは、きっぱりと言い切った。

だけど、その鋭い言葉に対して、その場にいた誰もが、安堵の笑みを浮かべたのであった。


天音さん達を見送ってから、僕と雫は帰路に就いた。イスズさんの、「お疲れさま。よくやったな」という労《ねぎら》いの言葉が、何よりも嬉しかった。

外はいつの間にか日が傾いて、東の空では星が瞬いている。小学生くらいの子ども達が、明日の学校の授業はどうのこうのと話をしながら、目の前を過《よぎ》った。

世田谷の住宅街に、ぽつぽつと灯《あか》りがともる。僕も、父と母が待っている家路を急ごうとした。

「樹」

「うん？」

不意に雫に呼ばれ、僕は振り向く。

少し遅れながら、雫は僕の後をついて来ていた。沈みゆく夕日を浴びた髪の、所々が虹色に見えて綺麗だった。

「彼らの縁を繋いだのは、見事だったよ」

「そんな……。大きなきっかけになったのは、雫の一言だし」

賢者の石。その一言が、天音さんと辰砂の縁を繋いだ。

僕はあの時、そう確信していた。

「樹が、彼の心を辰砂に近づけたからこそ出来たことだよ」

「それじゃあ、ふたりで繋いだってことで」

「そうだね」

雫は微笑む。

その足取りは、少しだけ遅い。いつものペースで歩いていると、あっという間に雫と距離が開いてしまう。

「雫、大丈夫？」

「少しだけ、話をしたくて」

成程《なるほど》。それで、早く家に着きたくなかったのか。

僕は雫に足並みを揃《そろ》え、耳を傾ける。

「天音君は、再び大学への進学を目指すようで何よりだ」

「うん。なんだかんだ言って、お父さんと同じように鉱物にハマりそうだよね。天音さんは慎重そうだから、積極的に危険な産地へ赴くことはなさそうだけど」

「鉱物と縁を繋いでしまったから、夢中になる運命からは逃れられないよ」

雫は悪戯《いたずら》っぽく微笑む。僕も、つられて笑った。

「僕もそうだったみたいに」

「その通りだね」

僕と雫は、しばらくの間、可笑《おか》しそうに笑っていた。通りすがりの人が不思議そうに首を傾げていたけれど、特に気にしないことにした。

「相変わらず、樹は鉱物の勉強をしようとしているのかな」

「うん」

雫の問いに、僕は頷いた。

「鉱物の勉強をするために、地学が学べる大学に入って、将来は鉱物関係の仕事に携わりたい。一番なりたいのは、学芸員さんかな。糸魚川の『フォッサマグナミュージアム』みたいに、鉱物が展示されている博物館で、色んな人に鉱物の魅力を知って貰いたい」

「いい夢だね。因《ちな》みに、二番目や三番目はあるのかな」

「はっきりした順位は決まってないけど、それなりにはね。岩井先生みたいな理科の先生にも憧れるな。まあ、こっちは地学だけっていうわけにはいかないんだろうけど……」

岩井先生は、地学以外の分野も教えてくれる。生物の授業も、実際の植物に触れたり、生き物に触れたりして、とても楽しかった。

「樹は色々なものに興味を持てると思うし、きっと、地学以外の勉強も捗《はかど》るよ」

「えへへ……、そうならいいんだけど」

「他には？」

「あとは、鉱物イベントで鉱物を売る業者さんもいいよね。鉱物のことをあまり知らない人もイベントに来るけどさ、そういう人達に分かり易《やす》く解説してくれるし」

そういう僕も、最初の頃はそういった客の一人だった。今でも、分からないことが沢山あるので、お店の人に教えて貰う時がある。

「現地で採集した石をイベントで販売するっていうのは、ちょっとカッコいいかな。土産話をお客さんに出来るしさ」

「確かに。お客さんが樹のように好奇心旺盛な子だったら、産地情報が聞けて喜ぶだろうしね」

「まあ、律さんや楠田さんみたいなコレクターもいいんだけどさ。とっても楽しそうだし」

だけど、楠田さんは、本当は地学を勉強したかったという。やりたかったことを引きずっているという話が、僕の中でずっと渦巻いていた。

「道は険しいかもしれないし、潰しも利き難いかもしれないけれど、僕は鉱物に関わる仕事をしたいし、その道を進みたい。駄目だったら、その時考えればいい」

「そうか……」

雫は嬉しそうに微笑む。昔から僕を知っているような、温かくも達観した眼差《まなざ》しだ。まるで、祖父に見つめられているようで。そして、祖父に認められたようで、涙腺の辺りに、込み上げるようなものを感じた。

「樹は、鉱物の楽しさを広めたいんだね」

「うん。きっと、そう」

僕は深く頷く。

「とても頼もしいよ。樹のような子が多ければ多いほど、僕達のような石精は存在出来るから」

「どういうこと？」

　何処か不穏な響きに、思わず、尋ね返してしまう。

「僕達は概念の存在だからね。認知されてこそ存在出来るのさ。鉱物が好きで、鉱物を想い、鉱物と縁を繋いでくれる人が多ければ多いほど、僕達の存在は明瞭になって、君達と語り合うことが出来る」

　雫は空を見上げる。

　陽《ひ》はほとんど沈み、頭上には夜空が広がっていた。

　空に浮かぶ星々も、地球から生まれる雫達のような鉱物も、同じくらい綺麗だと思った。天音さんが宇宙に惹《ひ》かれていた理由も、よく分かる。

「僕には、もう一つ目標があるんだ」

　僕の言葉に、「何だい？」と雫は首を傾げる。

　ちょっと照れくさいなと思いながらも、僕はこう言った。

「僕と縁があった鉱物達を、僕の子どもや孫、もしくは、同じ趣味を持っている人達に、必ず引き継ぎたいと思ってる。産地情報や、僕の、思い出と一緒にね」

「樹……」

「雫の本体の産地情報はないけれど、雫は僕の大切な友達だし、かけがえのない思い出だ。そして、その思い出はこれからも増えていく。僕はそれを、必ず次に繋げたい」

雫も僕も、いつの間にか立ち止まっていた。虚を衝《つ》かれて目を丸くする雫の手を、僕はそっと取る。

「僕は、雫をひとりにしない。僕が土に還《かえ》っても、僕の思い出を継ぐ人が、雫と友達になれるようにしたい。それが、地球の欠片を預かった者の、使命だと思うから」

ほとんどが地球の胎内で作られ、日の目を見ることがない彼らと出会ったのは、縁でなければ何なのだろう。

鉱物のほとんどは、人間よりも遥かに長くこの世に留《とど》まることになる。だからこそ、縁を次に繋ぎたい。そうすることで、引き継いだ人達が、地球が齎《もたら》した奇跡に、少しでも多く触れることが出来るから。

「願わくは、また雫に出会えるといいんだけどね。僕の大半が土に還っても、その断片がまた、人間の一部となってさ」

「会えるよ、きっと」

そう言った雫は、笑顔だった。だけどその双眸からは、夕日を受けて輝くものが零れ落ちた。

チカチカと輝くそれは、ダイヤモンドだろうか。

いいや。ダイヤモンドよりも大きく、目が眩《くら》むほどに眩《まぶ》しい。水晶の一種であるハーキマーダイヤモンドだと、僕は思った。

「僕達は、地球の断片であり、縁が繋がっているのだから。もしかしたら、僕が滅んだ後に、君と一緒になれるかもしれない」

ハーキマーダイヤモンドだと思ったのは、雫の涙だった。大粒の涙を零しながら雫は幸福そうに微笑んでいた。

いつの間にか、僕の頬にも温かいものが伝っていた。

繋いだ雫の手の感触は、ひんやりとして硬くて、とても懐かしくて優しかったのであった。

解　説

内田　剛

デビュー以来、旺盛に作品を世に送り続け、着実にファンを増やし続けている蒼月海里さんはすっかり人気作家の一人として書店の店頭でも確固たる存在感を示している。本書『水晶庭園の少年たち　賢者たちの石』はシリーズ五巻目にして一区切りの位置づけとなる。この度改めてシリーズを読み返してみたが、十四歳の主人公はもちろんのこと、著者・蒼月海里の確かな成長ぶりも存分に伝わってきた。これはファンとして本当に嬉《うれ》しいことだ。

この解説を書いている僕は最近まで三十年近く書店勤務をしていた。それもデビューからしばらくの間、書店員と作家を兼業していた蒼月さんと同じ現場で働いていたのだ。覆面作家である蒼月さんとの特別な縁。その記憶の糸をたどりながら作家と作品の魅力を探ってみたい。

その職場とは世界に冠たる本の街・神保町《じんぼうちょう》のど真ん中に位置する老舗書店の文庫売り場である（この書店は蒼月さんの代表作のひとつ、ハルキ文庫「幻想古書店で珈琲《コーヒー》を」

シリーズの舞台となっているのでぜひ読んでイメージして欲しい)。文庫担当アルバイトの蒼月さん(もちろんペンネーム)から「これ、私が書いた本です」と棚の前で紹介されたのが、小説家デビュー作である角川ホラー文庫『幽楽町おばけ駄菓子屋』だった。ちょうど僕はフロアの文芸書を担当しつつチェーン本部の文庫ジャンル担当も兼務していたことから興味津々。一緒に働いている仲間が一流の文庫レーベルから新刊を出すなんて、驚くと同時にこれは格別に応援しなければならないという気持ちになった。フロアに訪れる出版社の営業や編集者たちを呼び寄せては「素晴らしい作家がここにいます!」と紹介していた頃が今となっては懐かしい。

内容の圧倒的な読みやすさと、価格を低めに抑えた若い読者にも嬉しい買いやすさ、そして表紙イラストの目を奪われるような美しさも素晴らしい。これらの長所が追い風となってその後、一躍人気シリーズとなったのも当然だ。魅力的な登場人物たちが全面で活躍するいわゆる「キャラ文庫」は今でこそ当たり前にコーナー化されて多くの読者にも認知されているが、蒼月さんはそのブームの牽引車《けんいんしゃ》といってもいい存在である。「キャラ」と聞くと若めの読者層を想定するが、比較的年配層からも支持が多いことも新鮮な驚きだった。コアなライトノベル読者の年齢がそのまま持ち上がって蒼月作品を手にする。このいい流れをリアルに目撃したことも忘れられない。

それにしても書店員というあまりにも忙しすぎて煙が出そうな激務をしながら一体い

つ執筆をしていたのだろう。一緒に闘った戦友でもある僕から見ても不思議で仕方がなかった。開店前の膨大な納品作業、お客様のご案内、ストレスの多いレジ業務。短い時間をやり繰りして、埋もれそうな光文社古典新訳文庫を並々ならぬ熱意を持ってしっかり前面に出してアピールしたりする姿もあった。こうした本に対する深い愛情はもちろんのこと、とにかく万事が誠実で繊細。小柄ながらもパワフルな仕事ぶりにはいつも感心させられていた。書店の仕事は体力勝負。常に両手いっぱいに文庫本を抱えていて腱鞘炎《けんしょうえん》になってしまうほどの根性も持ち合わせていた。

蒼月さんにとって極めて大変な書店員との兼務時代は、書きながら自分の分身でもある本を売っていた貴重なひとときでもあった。作品を生み出す苦しみと喜び、売ることの難しさと面白さを誰よりも知る作家となったのだ。他の著者には真似《まね》できないこの強み。書店の仕事で蒼月さんの作品に大きく影響したのは、さまざまなお客様と接して学んだ人物観察眼と、肌感覚で今この瞬間の読者ニーズが摑《つか》めるマーケティング力だ。どんなに素晴らしい作品を書いても読者に伝わらなければ、つまり売れなければ意味がない。常に読者目線で物語を紡ぎ、書店現場を大切にする心を持ち続けていることも蒼月海里さんの魅力のひとつである。蒼月海里文学は書店店頭で生まれ、育ち、大きく成長していったのである。

「水晶庭園の少年たち」シリーズの最大の魅力は無機質な石と人間たちとの感情の交錯

だ。博物学的知識を思う存分に堪能《たんのう》しながら少年の成長を味わえる。面白くてためになる。まさにエンタテインメントの原点ともいえる。地球規模の歴史から顕微鏡の世界まで俯瞰《ふかん》できるくらいに密度が濃く、心動かされたその先には、目には見えない景色を見せてくれる。これはもう揺るがぬ絶景本のひとつといってもよいだろう。

物語は祖父と愛する犬を立て続けに亡くした中学生の少年・樹《いつき》の成長を軸に進んでいく。喪失の哀《かな》しみはいかにして癒されていくのか。出会いの数だけ別れがある。さまざまな鉱物があるようにこの世にはたくさんの悩みがある。哀《かな》しみが深いほど乗り越えた先に感じる希望は大きいのだ。樹の相棒となるのが「石精」である雫《しずく》。このファンタジックな邂逅《かいこう》が固いイメージの鉱物を柔らかく包みこむクッションとなって、物語に深い味わいと得がたい余韻を与えている。

閉ざされた土蔵という禁断の場所にある、亡き祖父の鉱物コレクションという設定もまた興味をそそられる。ミステリアスな空間の中にある宝物をいかに受け継いでいくのか。このワクワク感は読む者を少年少女時代へと誘《いざな》っていき、自分たちの幼き記憶とも重なってまるで物語の中にいるような感覚に陥らせるのだ。このテクニックは実に鮮やかで見事である。

作品に登場する鉱物たちは本当に専門家がうなるほどマニアックだ。しかし醸し出される知識の加減が絶妙で読みやすさ抜群。読みながらまったく無理なく脳内が満たされていく感覚を味わえる。書かされた物語ではなく蒼月さんが心の底から楽しんで書いているからこその、生き生きとした描写が印象に残るのだ。しかし蒼月さんがこれほど熱狂的な鉱物マニアだったとは。会いたければ「鉱物イベント」に通えばいいかもしれない。ともあれ万物を面白がる探究心が漲《みなぎ》っていることには驚くほかない。

と、いくら作家や作品について語ったところで著者の肉声には敵《かな》わない。これは書店員時代からポップなどの販促物には著者のサインやコメントがいちばん効果があることで実感している。解説だって同じこと。ここは著者の蒼月海里さんをお呼びしてインタビューしてみよう。

内田　蒼月さん、こんにちは。新作とても面白く読ませていただきました。

蒼月　こちらこそ。この度は、解説をお引き受け下さって有り難う御座います！　完全にもう、「石やばい！！！！」という衝動のみで書き通したシリーズですが、楽しんで頂けたのでしたら幸いです！

内田　まずは「水晶庭園の少年たち」シリーズの読みどころを教えてください。

蒼月　このシリーズは、「鉱物凄《すご》い！」「地球やばい！」という感動と情熱から始まった物語です。それをどうやって皆様にお伝えしようかと思案した結果、このような形になりました。普段何気なく見ている風景も、知識が一つ増えるとガラッと変わるんですよね。作中では、その見方が変わったことで悩みが解決する——という形になっています。そういったドラマを通じて、鉱物の奥深さや地球の尊さを伝えることが出来たんじゃないかなと思います。
内田　凄い！　やばい！　は僕が読み終えた感想とまったく同じです。渾身《こんしん》のシリーズを書き終えたばかりですが、最新情報を教えてください。
蒼月　蒼月海里として六周年を迎え、著作五十冊（アンソロジー・漫画原作除く）達成となりました。この水晶庭園五巻は五十一冊目ですね。お陰さまでこれから先も切れ目なく刊行スケジュールが入っているので、頑張りたいと思います！
内田　凄《すさ》まじいペースですね。量だけでなく質の充実ぶりにも注目していますが。今後の野望をぜひ聞かせてください。
蒼月　著作をアニメ化やドラマ化して頂けたり、舞台化して頂けたりしないかなぁと夢を見ています。他のクリエーターさんが蒼月作品をどう表現するのかが、とても興味深いんですよね。
内田　蒼月文学はビジュアルとの相性もいいですし、想像力を無限に広げる物語世界ですから、さらなる進化と拡散が楽しみですね。ところでまったく予想もできなかったコロナ禍ですが、生活やお仕事の変化もあるかと思います。どんな近況でしょうか。
蒼月　コロナ禍でオンラインの強みが浮き彫りになりましたね。今後は、オンラインのプロモーションを強化できればいいな、と模索しております。最近では、書店員さんのオンラインイベントのゲストとして出演もしました。新しく何に挑んだり模索したりすること自体が、最近のハマっていることなのかもしれません。

内田　さすが、チャレンジ精神旺盛な蒼月さん。厳しい状況もポジティブに転換していますね。カッコいいです。最後に読者の方々へメッセージをお願いします。

蒼月「水晶庭園の少年たち」を最後までお読み頂いた皆さまに、まずはお礼を申し上げたいです。鉱物だけでなく、世の中のものは全て、一見しただけでは分からない様々な背景を持っています。

皆さまがその背景を知った時に、驚きと喜びと、新たなる閃《ひらめ》きが得られることをお祈りしておりますし、本シリーズがそのヒントになることを願っております。

内田　知的な発見に満ちていて、読めば必ず心の扉が開かれるような作品ですね。蒼月さん、ありがとうございました。今後のさらなる活躍を期待しています。

蒼月作品は光の角度によってさまざまな表情を見せる美しい鉱物のようだ。多様性を分かりやすく気づかせてくれるだけではない。この世の闇に光を灯《とも》し、温かく人間的な眼差《まなざ》しも持っている。清々《すがすが》しい読後感と安心して薦めることのできる物語世界は最高の個性。キラキラとした才能とセンスはますます書店の店頭でも輝きを増すことだろう。

蒼月海里は未知なる場所を巡り続けるチャレンジャーであり心優しきハンターでもある。これから研ぎ澄まされた感性でこの世界に埋もれている何を発掘し、鋭くも柔らかい光を当てていくのか。本当に楽しみでならない。

（うちだ・たけし　ブックジャーナリスト）

本書は、ｗｅｂ集英社文庫二〇二〇年八月〜十月に連載されたものを加筆・修正したオリジナル文庫です。

本文デザイン／浜崎正隆（浜デ）
イラストレーション／こちも

集英社文庫

水晶庭園《すいしょうていえん》の少年《しょうねん》たち　賢者《けんじゃ》たちの石《いし》

2020年11月25日　第1刷　　定価はカバーに表示してあります。

著　者　蒼月海里《あおつきかいり》
発行者　徳永　真
発行所　株式会社　集英社
東京都千代田区一ツ橋2-5-10　〒101-8050
電話　【編集部】03-3230-6095
【読者係】03-3230-6080
【販売部】03-3230-6393（書店専用）
印　刷　中央精版印刷株式会社　株式会社美松堂
製　本　中央精版印刷株式会社

フォーマットデザイン　アリヤマデザインストア　　マークデザイン　居山浩二

ISBN978-4-08-744185-7 C0193